Sarah Moss

Sommerwasser

AF204877

Sarah Moss

Sommerwasser

Roman

Aus dem Englischen
von Nicole Seifert

Unionsverlag

Die Originalausgabe erschien 2020 bei Picador, London.
Der Auszug aus *The Ballad of Semmerwater* von
Sir William Watson wurde von Marie Isabel Matthews-Schlinzig
für diese Ausgabe ins Deutsche übertragen.
Der Auszug aus *Once in Royal David's City* wurde von
Christine Riedl ins Deutsche übertragen, aus:
M. Schmeisser / C. Riedl (Hg.): *Weihnachtslieder aus aller Welt.*
© by Carus-Verlag, Stuttgart 2015.

Im Internet
Aktuelle Informationen, Dokumente und Materialien
zu Sarah Moss und diesem Buch
www.unionsverlag.com

Unionsverlag Taschenbuch 1030
© by Sarah Moss 2020
Originaltitel: Summerwater
© by Unionsverlag 2025
Neptunstrasse 20, CH-8032 Zürich
Telefon +41 44 283 20 00
mail@unionsverlag.ch
Alle Rechte vorbehalten
Der Verlag behält sich das Recht des Text- und Data-Minings an diesem Werk vor,
was hiermit Dritten ohne Zustimmung des Verlags untersagt ist.
Die erste Ausgabe dieses Werks im Unionsverlag erschien 2023
Reihengestaltung: Heinz Unternährer
Umschlagfoto: Jeff J. Michell, Andy McGarry,
Fen Wei Photography, Praveen P.N. (Getty Images)
Umschlaggestaltung: Sven Schrape, unter Verwendung
eines Designs von Mel Four (Picador Art Department)
Satz: Fotosatz Amann, Memmingen
Druck und Bindung: CPI – Clausen & Bosse, Leck
www.unionsverlag.com/produktsicherheit
ISBN 978-3-293-71030-6
2. Auflage, Juli 2025

Der Unionsverlag wird vom Bundesamt für Kultur mit einem
Verlagsförderungs-Strukturbeitrag für die Jahre 2021–2025 unterstützt.

Auch als E-Book erhältlich

Der Klang von Blut und Luft

Dämmerung. Kein Sonnenaufgang, kein Vogelgesang.

Licht rinnt übers Wasser, durchs Geäst. Auf dem See liegt der Himmel, füllt die Bäume, schwer in den Zwischenräumen der Kiefernnadeln, sitzt zwischen Grashalmen und sprenkelt die Kiesel am Strand. Obwohl zwischen Wolke und Land kein Abstand ist, der Regen keinen Platz zum Fallen hat, regnet es; der Klang von Wasser auf Blättern und Borke, auf Dächern und Steinen, Fenstern und Autos inzwischen so beständig wie der Klang von Blut und Luft im eigenen Körper.

Man würde früh genug bemerken, wenn es aufhörte.

Sie hätte weiterlaufen können

Justine hat so geschlafen wie damals vor einem frühen Flug. Man wacht auf, um zu gucken, wie spät es ist, fühlt in der Dunkelheit nach dem Handy, der Taste, die man auch im Schlaf findet. Es sagt, noch nicht, es sind noch Stunden, Stunden, die du warm und selbstvergessen verbringen kannst, fast genauso viele wie beim letzten Gucken.

Man träumt von Kofferpacken und Hektik und wacht erneut auf: Gleich muss es so weit sein, vielleicht ist es schon zu spät, aber es sind nur zwanzig Minuten vergangen. Wieder schlafen, wieder aufwachen, die kurze Sommernacht dauert unwahrscheinlich viele Stunden, irgendwas tief im Gehirn, irgendeine urzeitliche Verdrahtung oder Einstellung, die ursprünglich für den Beginn der Lachswanderung zuständig war oder dafür, in welcher Woche die Beeren reif sind, ist unfähig, zur Ruhe zu kommen. Sie kann keinen Wecker stellen, denn der würde Steve wecken, aber etwas in ihrem Kopf – in dem Teil, der sich ums Atmen und ums Herz kümmert und noch im Schlaf die Kinder hört – kennt die Zeit, liest die Erdkrümmung und die Himmelsrichtung.

Sie macht die Augen auf, betrachtet die Kiefernvertäfelung, keine dreißig Zentimeter von ihrem Gesicht entfernt, die Astlöcher und Blasen im Lack, der sich rau anfühlt, wie verschorfte Haut. Es würde keinen Flug geben, weder in diesem

Sommer noch im nächsten. Wer konnte es sich jetzt leisten zu reisen? Hätte sie gewusst, denkt sie, hätte sie gewusst, dass für sie mit den Jahren keine finanzielle Entspannung, geschweige denn Sicherheit eintreten würde, hätte sie die guten Zeiten erkannt, als sie da waren, wäre sie mehr gereist, als sie jung war, sie hätte eins dieser Tickets gekauft, einen dieser Pässe, und wäre überall hingefahren, vom Norden Norwegens nach Sizilien, von Istanbul in die Grafschaft Clare. Sie hätte sich ein Jahr freigenommen, mehrere Jahre, ehe sie sich mit Steve niederließ, hätte es mit Kellnern finanziert oder wie auch immer. Hätte sie damals das Selbstvertrauen gehabt, hätte sie gewusst, wie man einen Reisepass beantragt und ein Ticket kauft und ein Flugzeug besteigt, als sie jung genug war, um fortzugehen. Sie hätte nach Paris und Wien fahren können, nach Venedig. Schwer vorstellbar, wie sie nun je Weinberge über dem glitzernden Meer sehen sollte, silberblättrige, reifende Oliven oder einen sonnenbeschienenen Orangenhain. Wahrscheinlich spielt es auch gar keine Rolle. Aber es wäre schön gewesen, wenn die Kinder Sprachen hörten, die sie nicht sprechen, oder noch nicht sprechen, wenn sie etwas äßen, das sie nicht kannten, Straßen überquerten, auf denen die Autos auf der falschen Seite fuhren, wenn sie mit eigenen Augen sähen, dass die Welt groß ist und man die Dinge vor allem aus Gewohnheit so tut, wie man sie tut. Nicht dass man nicht auch in Manchester noch andere Sprachen hört. Nicht dass es nichts Unbekanntes zu essen gäbe. Nicht dass ihre Kinder Unbekanntes überhaupt äßen, nicht dass sie irgendein Interesse an Sprachen zeigen würden.

Egal, jetzt ist es so weit, fünf Uhr früh, wie geplant, und schon hell. Zeit, rauszukommen, um wieder zurück zu sein und geduscht, wenn die Jungs Frühstück wollen. Andere Menschen bleiben im Urlaub im Bett, erst recht, wenn sie die halbe Nacht wach gehalten wurden von diesen egoistischen Arschlöchern mit ihrer lauten Musik, die gewusst haben müssen, dass sie den kleinen Kindern und deren Eltern und den alten Leuten und überhaupt allen den Schlaf und damit den nächsten Tag ruinierten. Justine hatte es nicht viel ausgemacht, sie hatte einfach auf ihrem Tablet gelesen, bis sie so schläfrig war, dass es sie nicht mehr störte, und die Kinder verschliefen es, wie sie zu Hause den Rauchmelder verschliefen – immer wieder erheiternd –, aber Steve hatte sich ziemlich aufgeregt, und Justine wettete, dass die Familie mit dem Baby eine schlechte Nacht hatte, zumal sie direkte Nachbarn zur Rechten waren. Zweimal hatten die diese Woche schon Party gemacht, nicht unbedingt ein Problem, mit dem man rechnete hier draußen, ganz am Ende der Straße, wo man hinkam, um Ruhe und Frieden zu finden – egal, sie bewegte sich langsam zum Bettrand, ohne sich umzudrehen oder aufzurichten oder die Decke so zu verziehen, dass Steve einen Luftzug verspürte, nicht dass ihm je in den Sinn käme, ihre Ruhe zu schützen, indem er sich mäßigte, wenn er schlaflos hustete, sich kratzte und herumwarf wie ein Walross. Er setzte sich ja beim Pinkeln nicht mal hin, seit er mitten in der Nacht aufstand, um zu pissen wie ein Pferd, weckte sie lieber, als sich dieses eine Mal hinzusetzen wie eine Frau. Die Wand ist dünn, sagt sie, ich kann alles hören, das ist nicht schön. Das ist abstoßend, wenn man hier liegt und dieses aggressive Pinkeln hört von jemandem, der sich verdammt noch mal einfach hinsetzen könnte, es aber nicht tut, weil die Männlichkeitspolizei in seinem Kopf sogar mitten in der Nacht aufpasst, durchs Fenster späht oder sich im Wäschekorb versteckt. Der zugegeben durchaus groß genug wäre für ein paar Bullen. Sie hat keine Ahnung, wie sie die ganzen Klamotten bei diesem Wetter trocken kriegen soll, nicht dass man in Schottland mit Sonne rechnen würde, aber Tag für Tag Wolkenbrüche, das war schon etwas heftig – schön und gut, dass es in der Hütte eine Waschmaschine gab, aber Sachen mit der Hand zu waschen war einfacher, als sie ohne Trockner trocken zu kriegen. Nass werden ist immer der leichtere Part. Geschickt rollt sie sich auf die Füße und senkt den Kopf, während alles verschwimmt und dunkel wird und rauscht und dann wieder scharf wird. Niedriger Blutdruck, sie wird ewig leben. Sie weiß inzwischen, wo der Boden knarrt, macht einen großen Schritt über die abgenutzte Stelle. Steve wird jammern, wenn sie ihn weckt, versuchen, sie zum Sex zu bewegen, vom Laufen abzubringen. Ihn abzuwehren wird nicht schwer, aber dann hat ihr Tag begonnen, dann tickt die Uhr, alles, was sie als Ehefrau und Mutter in den Ferien machen muss, aufräumen, Frühstück und den Kindern was bieten, Erinnerungen schaffen und auf jeden Fall Fotos davon machen, falls sie am Ende doch nicht so erinnernswert sind. Sie schlängelt sich dort entlang, wo der Teppich nicht abgenutzt ist. Gott, dieser Teppich, was haben sich die Eigentümer nur gedacht? Hinterhofkneipe um 1988, wahrscheinlich. Selbst wenn er sauber wäre, würde man ihn noch für schmutzig halten, wie die Sitzbezüge in Bussen.

Sie legt ein Stück Klopapier in die Toilette, um das Geräusch zu dämpfen, beugt sich vor, spült nicht. Wäscht sich ordentlich die Hände, Imperial-Leather-Seife für das nostalgische Urlaubsvergnügen, die wirkte vor dreißig Jahren so vornehm und katapultiert sie immer zurück in Libbys Haus, wo es auch Markenkekse gab und echte Cola. Man sollte sich das Gesicht in ihrem Alter nicht mit Seife waschen, das trocknet die Haut aus und macht Falten, aber sie mag das gespannte, saubere Gefühl, und sie hat weder trockene Haut noch Falten. Sie schöpft sich Wasser in den Mund, das anders schmeckt als zu Hause, mehr nach draußen, nach wachsenden Pflanzen und feuchter Erde. Noch eine Handvoll, nicht dass sie im Regen viel schwitzen würde, aber mit mehr Flüssigkeit an Bord ist es leichter.

Sie hat ihre Sachen gestern Abend hiergelassen. Die Unterhose von gestern, die in die Wäsche kommt, wenn sie zurück ist; der Angstmoment, als sie kämpft, um die Ellbogen durch ihren Sport-BH zu bekommen. Irgendwann, denkt sie, irgendwann wird noch mal eine Frau dabei sterben oder sich zumindest die Schulter ausrenken, und das Ausziehen, wenn er nass ist, wird noch schlimmer. Wahrscheinlich braucht sie ihn nicht mal, diesen extra engen BH, aber es heißt immer, man muss, egal wie klein die Titten sind, sonst geschieht Schreckliches. Laufsocken, Steve hat keine Ahnung, wie teuer, aber es ist ein Unterschied, und sie hat nur das eine Paar, billiges Unterhemd, made in Bangladesh, zweifellos von Kindern hergestellt, die jünger sind als ihre, aber was soll man machen (es nicht kaufen, natürlich). Beim Laufen im Regen ist entscheidend, so wenig wie möglich anzuhaben, die Haut ist wasserundurchlässig, es sind die nassen Stoffschichten, wegen denen man friert, von der Reibung gar nicht zu reden. Capri-Leggings, sie hat sich die Beine nicht rasiert, warum auch bei dem Wetter, aber jeder andere Irre, der bei diesem Regen draußen ist, wird Besseres zu tun haben, als darüber nachzudenken.

Sie sieht in den Spiegel. Vielleicht täuscht sie sich auch wegen der Falten. Na und?

Mit beiden Händen langsam die Klinke drücken, an der Tür der Kinder haltmachen, um zweierlei Atem zu unterscheiden, zögern, ob sie den einzigen Schlüssel mitnehmen und sie einschließen soll, sodass sie im Fall eines Feuers durch die Fenster müssten, die niedrig sind und sich leicht öffnen lassen, und es gibt ja auch keinen plausiblen Grund für ein Feuer, oder ob sie den Schlüssel hierlassen soll, was bedeutet, dass sie die Tür nicht abschließen kann und sich drei geliebte Seelen schlafend und wehrlos im Wald befinden, oder jedenfalls zwei geliebte Seelen und eine überwiegend geduldete. Feuer, denkt sie, ist wahrscheinlicher als mordende Irre, man hat zwar schon von Psychopathen gehört, die in Ferienanlagen herumhängen, aber nur in Amerika, und das Gute daran, sich am Ende einer zehn Meilen langen Sackgasse zu befinden, sind die beschissenen Fluchtmöglichkeiten. Es sei denn, natürlich, der Irre plant, sich im Wald zu verstecken, bis es dunkel ist, aber um diese Jahreszeit ist es nicht viel dunkel, und hätte die Polizei nicht Hunde dabei? Er könnte auch durch den See schwimmen, jedenfalls wenn er an einen Neoprenanzug gedacht hat. Oder sie. Serienmörderinnen gibt es wahrscheinlich auch, war da nicht eine in Japan, obwohl das eher Lebensversicherungsbetrug war als Sadismus, nicht dass es für die Opfer ein großer Unterschied wäre, aber ein Betrüger tötet einen wahrscheinlich schneller als ein Sadist, also vielleicht doch. Man müsste den Neoprenanzug schon anziehen, wenn man sein mörderisches Spiel beginnt, schließlich will man das nicht zwischen dem Verbrechen und dem Verlassen des Tatorts machen, das ist ja noch schlimmer, als einen Sport-BH anzuziehen. Gott, guck dir den Regen an. Es hat eigentlich keinen Sinn, überhaupt irgendwas am Körper zu haben; hätte sie ihren Badeanzug dabei, würde sie den anziehen. Immerhin kann es so nicht den ganzen Tag bleiben, so viel Wasser kann da oben gar nicht sein. Sie setzt sich auf die Veranda, um sich die Schuhe zuzubinden, das Handy-Armband anzulegen und die Musik auszusuchen. Wahrscheinlich sollte sie hier bewusster laufen, auf den Wind in den Bäumen hören und das Schwappen des Sees und die Vögel, die verwirrt genug sind, um in dieser Sintflut zu versuchen zu fliegen, aber scheiß drauf, sie braucht Musik für die Füße, Musik, die ihre Füße mit dem Boden verbindet, damit sie nicht darüber nachdenken muss. Es ist, wie sie sieht, noch nicht mal halb fünf, sie hat zwei Stunden, wenn sie will, kann sie schnelle zwanzig Kilometer einschieben, aber wenn sie das tut, wird sie den ganzen Tag lang essen und die Kinder werden jedes Mal, wenn sie sie sehen, auch was wollen, aber sie weiß, dass sie es sowieso tun wird. Sie hat zwei Erdnuss-Protein-Riegel in ihre Bindenpackung im Koffer gesteckt, der einzige Ort, an dem wohl kaum jemand suchen wird, und sie ist nicht zu stolz, um sie im Bad zu essen, wenn es sein muss.

Und los, Füße trappeln, Herz und Lunge, überrascht, arbeiten. Kaltes Wasser auf bettwarmer Haut, und warum genau macht sie das noch mal? Die Ferienanlage liegt im Schlaf, Vorhänge zugezogen, Autos voller Regenperlen. Die Blockhütten, denkt sie wieder, sind eine dumme Idee, Amerika oder vielleicht Skandinavien entliehen, jedenfalls einem Land, in dem es seltener regnet als in Schottland, wann hat man irgendwo in Großbritannien schon Gebäude aus Holz gesehen? Torf, wennschon, hier oben, Stein, wenn man hat, der verrottet nicht. Sie sehen aber nicht skandinavisch aus – nicht dass sie schon mal da gewesen wäre, aber sie hat Fotos gesehen –, sie sehen alt aus, eine unattraktive Mischung aus weich werdenden Holzwänden und billigen Plastikfenstern, die Art Gartenschuppen, den man früher oder später abreißen muss. So eine für ein paar Wochen zu mieten, ist das eine, auch wenn es wettermäßig offensichtlich die falschen Wochen sind, aber selbst, wenn man die Mittel hätte – käme es nicht dem Eingeständnis einer Niederlage gleich, eine zu kaufen? Man muss sich ja nur das Gebälk angucken, um zu sehen, dass es Abschreibeobjekte sind, hätte man Geld, könnte man es also genauso gut für Visa und Flugtickets ausgeben, statt in den angeblich besten Wochen des Jahres zuzusehen, wie sich der See mit Regen füllt. Wenn sie das nächste Mal Internet hat, muss sie mal den Kontostand prüfen. Steve hatte recht, das gibt sie zu, Zelten wäre ein Fehler gewesen, schlimmer als zu Hause bleiben, aber diese Hütten sind nicht billig, nicht während der Schulferien. Wenn sie wieder zu Hause sind, wird sie den Jungs neue Schuluniformen kaufen müssen, Noahs Knöchel haben schon Wochen vor Schuljahresende rausgeguckt, und sie muss für ihn nach Eddies alten Tennisschuhen suchen, und muss das Auto nicht bis Ende des Monats zum TÜV? Sie können es natürlich immer einfach ein paar Wochen lang nicht benutzen, bis die Gehälter da sind, wäre nicht das erste Mal, sie nimmt das Rad und Steve den Bus, das Auto ist eigentlich sowieso ein Luxus, vielleicht sollten sie es verkaufen, solange es noch was wert ist. Sie springt über eine Pfütze, spürt, wie sich ein kalter Muskel dehnt. Sie könnte um diese Zeit alles machen, Wäsche klauen, die auf einigen Veranden auf den Ständern hängt – so wird das nichts, denkt sie, die Luft ist zu feucht, sie müssen sie reinholen – oder ein Boot vom Steg losmachen und damit die Inseln erkunden, eins dieser bescheuerten Riesenautos anzünden, trocken genug dürfte es unter denen sein, aber das wird sie nicht tun, weil sie jetzt läuft, und wenn man einmal losgelaufen ist, hält man nicht an, nicht mal, um Sachen anzuzünden, die angezündet gehören. Sie könnte sich vorstellen, dass das alte Paar von nebenan schon wach ist, ihn hat sie gestern um diese Zeit mit seinem Tee an der zum Regen hin offenen Terrassentür sitzen sehen, man sagt ja, alte Menschen sind früh auf. Vielleicht ist er wach und liest im Bett. Vielleicht liegen er und seine Frau morgens beieinander und reden oder vielleicht … was für ein schöner Gedanke, dass das in der Zukunft warten könnte. Nach weiteren fünfundzwanzig Jahren mit Steve. Oder auch nicht. Weiß Gott, was dieses Paar hier den ganzen Tag lang macht, die Frau braucht zehn Minuten, bis sie es schlurfend und sich festklammernd ins Auto geschafft hat, wandern oder Boot fahren oder Radfahren können sie nicht, und was geht hier sonst? Steve sagt, er hätte auf dem Rückweg vom Pub mit dem Mann geredet, sie haben die Hütte vor dreißig Jahren brandneu gekauft und überlegen jetzt zu verkaufen. An eine nette Familie von hier, hat er gesagt, erzählte Steve, diese Generation kapiert es einfach nicht, oder, welche nette Familie von hier hat denn so viel Geld? Jedenfalls hat der Alte gesagt, seine Frau hätte es nicht mehr so mit dem Laufen und bleibt nicht gern allein, also hätte es wirklich nicht mehr viel Sinn, man komme ja nur noch, um dem Regen zuzusehen. War geradezu gruselig, sagte Steve, er hatte so traurige Augen, da ist mir das blöde Auto egal.

Den Strandweg entlang, wo die Boote zu Wasser gelassen werden, jedes Blatt hüpft unter Regentropfen, glitschiger

Matsch, der Trick ist, kurze Schritte zu machen, gar nicht lange genug auf dem Boden zu bleiben, um auszurutschen, wie auf Eis, die Füße sollten in der Luft bleiben, sich abdrücken, statt zu landen. Justine wird nie werden wie die Frau des alten Mannes, sie wird immer weiterlaufen, bis sie stirbt. Man soll nicht so urteilen, das weiß sie, sagt sie auch den Jungs, niemand ist absichtlich dick oder langsam, niemand beschließt eines Tages beim Aufstehen, so viel zu essen, bis er sich nicht mehr bewegen kann, also habt Mitgefühl, Jungs, einfach menschlichen Anstand, aber manchmal sieht man, wenn man schnell läuft, schweißnass, Leute, insbesondere alte Damen, Puder und Lippenstift, die einen böse angucken, während sie mit einem dieser Trolleys zum Laden an der Ecke wackeln, weil sie sich seit der Menopause nicht mehr die Mühe gemacht haben, etwas zu heben, das schwerer wäre als ein Keks. Gar nicht damenhaft, Netzhemd und rotes Gesicht, sollte zu Hause sein bei ihren Kindern. Oder diese gewaltigen Frauen damals in Scarborough, die wie Milchwagen über die Promenade schwankten und ihr *dünne Ziege* zuriefen, und sie dachte, was wollt ihr denn machen, hm, mich jagen, nur zu, Schätzchen, nur zu. Man kam nicht umhin zu denken, hättet ihr mal mehr *hiervon* gemacht, wärt ihr jetzt nicht *so,* oder?

Die Zufahrt zur Straße hoch, zum Ende der Straße, die Steine hart in weichem Matsch. Um die Schranke herum, die mit einem elektronischen Schlüssel aktiviert werden muss, als rechneten die Besitzer der Ferienanlage mit Rammböcken oder Terroristen mit Lieferwagen. Besser auf den Asphalt. Die Nacktschnecken sind rausgekommen, diese grellorangenen, und in den Pfützen sind ertrunkene Würmer, weiß geschwollen wie tote Haut. Sie läuft auf Zehenspitzen geschickt um die schleimigen Körper herum. So sollten Dinge nicht gemacht sein, ungeschützt, einfach rumliegen und auf scharfe Schnäbel und schnelle Flügel warten, auf Stiefel und Reifen. Richtige Lebewesen rennen weg, wenn man auf sie zuläuft. Keine Autos, sie braucht sich nicht die Mühe zu machen, auf sie zu lauschen, dreht die Musik auf, während ihr Körper seinen Rhythmus findet. So. Am Pub vorbei, hoch zu dem großen Parkplatz unter Bäumen am Ende der Straße, der jetzt leer ist, bis auf ein illegales Zelt am Waldrand nahe des Picknickplatzes. Seit Tagen steht das da. Man sollte meinen, Camper wollten entweder auf dem Zeltplatz am Wasser sein mit den Duschanlagen und Spülbecken, oder richtig ab vom Schuss, oben in den Bergen. Ein bisschen komisch ist das schon, hier so am Rand der Siedlung zu lauern. Und die schlafen, denkt sie, direkt auf der anderen Seite des blauen Stoffes liegen sie auf dem Boden. Würde nicht jeder Psychopath im Neoprenanzug mit denen anfangen, in die Hocke gehen und den Reißverschluss aufziehen, reinschauen, mit Gummi vermummt. Sie kann sehen, wo eine Schulter an die Zeltwand drückt, die innere Schicht in verheerendem Kontakt mit der äußeren. Armer Kerl. Es sei denn, natürlich, er ist der Psychopath. Irgendwo müssen die ja schlafen, Serienmörder müssen tatsächlich auf der Lauer liegen, und das am besten, wo Menschen in der Nähe sind. Ach, hör auf, wahrscheinlich nur irgendein Kerl, der sich den Zeltplatz nicht leisten kann, hat sie das nicht selbst so gemacht, vor langer Zeit in den Pennines, wild zelten und sich für eine heiße Dusche auf den Zeltplatz mogeln? Ihre Füße finden den Weg, tragen sie auf den beginnenden Bergwanderweg. An einem der nächsten Tage wird sie ganz da hochlaufen, es ist ein leichter Weg, aber nicht bei Regen, sie würde von oben gar nichts sehen, und geht es nicht darum beim Bergsteigen, von oben auf die Leute herabzublicken, die das nicht gemacht haben?

Außer Atem, nicht zu schnell jetzt. Nach den ersten zehn Minuten ist da dieses Gefühl, als würdest du in einen anderen Gang schalten, als laufe der Motor jetzt rund, jeden Moment wird es so weit sein, und inzwischen guck dir die Eichen an, ihre blaue Tiefe, und die Regentropfen, die wie Weihnachtsschmuck von den Kiefernnadeln hängen, und ihr Oberteil verfärbt sich dunkel und fängt an zu kleben. Es duftet nach kalten grünen Dingen, unter ihren Füßen geben abgefallene Nadeln und Kiefernzapfen nach. Eine Pfütze überspringen, schon leichter jetzt, nasse Füße sind egal, wenn sie erst mal warm sind, und da ist es, das Umschalten, der Laufmodus, als gingst du in einen See, als sagte der Körper erst noch, was machst du denn, das Wasser ist eisig, das sind Brüste, die sollen warm sein, aber du gehst weiter, du schwimmst, du stößt dich ab und gleitest, Bauch und Lunge schwimmen wie vor deiner Geburt und es ist nicht kalt, nicht mehr, wenn du dich dran gewöhnt hast. So ist Laufen nach der ersten Meile. Dein Körper weiß, wie.

Um die kleine Landzunge herum, ein gröberer Weg, größere Steine, Fußarbeit. Hier könnte sie aus dem Tal in die Berge blicken, wäre da nicht diese Wolke. Auf der Lichtung die alte Steinscheune, neben den Überresten des Hauses; die Familie muss die Scheune besser gebaut haben als das Haus, vor Hunderten von Jahren, wann auch immer das war. Hier haben mal überall Menschen gelebt, den ganzen Weg entlang finden sich Ruinen von Häusern und Ställen. Bauern vermutlich, vielleicht haben sie auch ein bisschen gefischt und bestimmt ab und an was gejagt. Was eben nötig war, um über die Runden zu kommen, wie zu Hause, nur härter; kälter, schmutziger, ungemütlicher. Sie leckt Wasser ab, das ihr aus den Haaren ins Gesicht tropft; ihr Oberteil ist jetzt vor Nässe ganz dunkel, vielleicht zieht sie es einfach aus, schließlich gibt es Frauen, die mit bauchfreien Oberteilen laufen, und sie ist genauso gut in Form wie andere, sichtbare Bauchmuskeln nach zwei Kindern, in ihren Vierzigern, trotzdem, eine Frau in ihrem Alter, aber vielleicht sollte sie alles ausziehen, das ganze Zeug, bis auf die Schuhe und die teuren Socken, das würde die Schurken in den Bäumen schon vertreiben, eine Frau im mittleren Alter mit altmodischem Busch, die zwölf Kilometer in einer Stunde schafft. Na ja, manchmal, fast. Nicht dass sie es messen würde, nicht dass es ihr wichtig wäre. Wenn es Steve nicht gefällt, wenn er Pornos guckt und die Alternativen kennt, hat er Verstand genug, es nicht zu sagen. Sie sollten wirklich bald mal wieder, egal, wie dünn die Badezimmerwände sind, es muss zwei Wochen her sein, drei – vier? – auch wenn ihr gar nicht danach ist, scheint es ihnen gutzutun, als würde man die Fahrradkette ölen, es muss keinen Spaß machen, aber es verhindert, dass alles auseinanderfällt.

Die Wolke schiebt sich vor ihr über den Weg. Bergauf, Vorsicht, loser Schotter. Schneller, bis oben ist es nicht mehr weit, ein bisschen Kardio-Training. In ihrem Knie flackert Schmerz auf, das ist auch so was, und der Nebel wird dünner, sie sieht ihn unter ihren laufenden Füßen liegen, den Loch und das Tal füllen. Es ist nicht klar hier oben, regnet immer noch, kein blauer Himmel oder so, sie kann nicht mal die andere Seite des Wassers erkennen, aber wer will das auch sehen, den Strom von Autos und Lastwagen und Bussen, die Richtung

Highlands fahren, jedes Paar Gummistiefel, jede Packung Shortbread? Jede englische Familie, die sich eingeredet hat, die Südküste wäre überfüllt und teuer und die prächtige schottische Landschaft mache das Wetter wett, quetscht sich diese eine Straße entlang, um an ihrem Ende in die Berge und an die Küste gespült zu werden. Wer will da zugucken? Deshalb hat sie die Ferienanlage auf dieser Seite genommen. Hier sollte man einen anderen Schlag Menschen treffen, Justines Menschenschlag, der nicht ständig frittiertes Essen und warme süße Milchgetränke braucht, keine Geschenkeläden und öffentlichen Toiletten, Leute, die rauswollen aus ihren Autos, die keine Angst haben vorm Wetter, deren Vorstellung von Spaß beinhaltet, die eigenen Füße zu benutzen, um von alldem wegzukommen. Das könnte man jedenfalls denken; soweit sie sehen kann, haben die meisten anderen ihre Hütten noch gar nicht verlassen, höchstens, um mit dem Auto zu fahren, die müssen jeden Tag Stunden damit verbringen, die Straße rauf und runter zu fahren, kein Wunder, dass es nicht sicher ist, die Kinder Rad fahren zu lassen.

Schmal zwischen den Bäumen hindurch, Wurzeln ädern den Weg, mitten durch die Pfützen jetzt, nasser geht es sowieso nicht. Bald werden die Wanderer rauskommen, die den gesamten Weg ablaufen, mit riesigen Rucksäcken und nackten Waden, was wegen der Zecken nicht klug ist, nicht hier; durch Hostel-Buchungen dazu verdammt, einen Tagesmarsch zu machen, egal, wie das Wetter ist. Sie könnte den ganzen Weg laufen, denkt sie, sie hätte Lust dazu, aber nicht mit einem dieser Säcke. Sie würde gern von Penzance nach John o' Groats laufen, von Paris nach Wien. Gut, vielleicht nicht über die Berge, aber kann man nicht auch drum herum, vielleicht an der Donau entlang? Mit ein paar Pässen käme sie aber wahrscheinlich klar, was andere mit dem Rad schaffen, kann Justine auch laufen. Sie würde gern von San Francisco nach Vancouver laufen, nicht dass sie die Kinder nicht vermissen würde.

Hinter der Musik verändern sich die Geräusche. Wind fegt über den Hang, schreckt die Bäume auf, weht ihr den Regen seitlich ins Gesicht. Na gut, los, mach mich nass.

Sie denkt an das Blut, das auf einer Seite ihrer Haut pulsiert, den Regen auf der anderen, die dünne Membran, die sich so leicht öffnen lässt, an Blutgerinnsel in Wasser. Mit Eddie hatte sie eine Wassergeburt, spürte, wie sich das Wasser des Babys mit dem in der Wanne vereinigte, Matrjoschkas aus Membranen und Flüssigkeit. Blätter flattern durch Wind und Regen, die Klappen ihres Herzens flimmern, im See zu ihren laufenden Füßen strömt das Wasser und Regen sickert durch die Erde, wo die Wurzeln der Eichen und Birken tiefer reichen, sich weiter spreizen als die Kronen der Bäume. Es gibt in der Erde Wasserwege, oder nicht, ein Tröpfeln und Sickern, und die sich verzweigenden Ströme in ihrem Körper, der Aorten-Fluss und die Zuflüsse von Fingern und Zehen halten sie am Laufen. Schneller, also. Schneller. Der Wind teilt den Nebel, macht Raum für sie zwischen dem steinigen Weg und dem niedrigen Himmel. Raum zum Atmen, regelmäßig jetzt. Sie spürt ihre Rumpfmuskulatur, wie ihr Bauch und Rücken sie halten, es Oberschenkeln und Waden und den nie bedachten Muskeln und Sehnen in Gelenken und Füßen erlauben, sich zu dehnen und innezuhalten, abzuheben und zu landen. Sie könnte ewig weiterlaufen, leichter als umdrehen, aber sie muss umdrehen, muss Frühstück machen und zusehen, dass die Kinder sich die Zähne putzen, muss den Tag für sie entwerfen, noch nicht, noch ein paar Minuten, nur noch da hoch, wo der Weg eben wird, breiter, wo sie, könnte man heute etwas sehen, meilenweit gucken könnte, zum Loch hinunter und bis zur Stadt und zum Bahnhof und hinauf bis zum Ben Nevis und in die Highlands, die ihm südlich über die Schulter gucken. Raum zum Atmen, Dunst und Eiche und Kiefer, und ihre Füße finden ihren Weg, Regen und Schweiß in den Augen, daran wird sie sich erinnern, später im Jahr, wenn sie im orangenen Straßenlicht unter braunem Himmel läuft, nach Hundekacke Ausschau haltend, sie wird sich erinnern, wie sie hätte weiterlaufen können.

Der Weg macht eine Kurve und führt unter den Bäumen zurück, kleine Bäche tragen Erde und Sand in Richtung Loch, Sedimentmuster wie Wellen im Strandsand. Nicht besonders sinnvoll, bergab zu laufen, nur um umzudrehen und wieder hochzulaufen, sie könnte hier kehrtmachen. Nicht dass Hügel ihr was ausmachten, nicht, wenn sie sich da befinden, wo sie sowieso lang möchte, aber sie sucht sie nicht aktiv, macht kein Intervalltraining und keine Bergsprints, gehört keinem Verein an, läuft gegen niemanden als sich selbst. Dabei könntest du wahrscheinlich Marathon laufen, sagt Vicky zu ihr, Vicky, die alle sechs Monate anfängt, für fünftausend Meter zu trainieren, und dann wieder aufgibt, weil sie zu viel zu tun hat oder irgendein Wetter ist oder sie nicht gern im Dunkeln draußen ist. Natürlich könnte Justine einen Marathon laufen, ab und zu läuft sie fünfundzwanzig Meilen, einfach, um zu zeigen, dass sie es kann, und es ist nicht schwer, man läuft und läuft weiter, bis zum Ende, aber sie versteht nicht, warum sie das tun sollte, bloß weil irgendein Typ im alten Griechenland zu aufgeregt war, um sich ein Pferd oder einen Wagen zu suchen, oder was die Leute sonst benutzt haben, wenn sie schneller sein wollten, als sie gehen konnten. Klar laufen Frauen Marathon, und sie wünscht ihnen viel Glück, aber ihr scheint das etwas typisch Männliches zu sein, sechsundzwanzig Komma irgendwas Meilen und das ganze Gerede über Minuten und Sekunden und Bruchteile und persönliche Bestleistungen; werden wir heute nicht schon genug vermessen und verzeichnet und für mangelhaft befunden? Warum nicht einfach laufen?

Na ja, jetzt ist sie den Hügel runter, da kann sie auch noch ein bisschen weiterlaufen, nur ein paar Minuten, wahrscheinlich schlafen sowieso alle noch, wenn sie zurückkommt, außer Steve vielleicht, der im Bademantel an seinen Füßen pult und das Kreuzworträtsel in der Zeitung vom letzten Wochenende macht, was sinnlos ist, aber harmlos – das Kreuzworträtsel, nicht das Pulen, das Pulen macht es sehr viel wahrscheinlicher, dass Steve irgendein griffbereites Haushaltsgerät auf die kratzenden Finger knallt, das Bügeleisen oder die große orangene Pfanne, was er aber nicht zu verstehen scheint. Es ändert ja nichts, ein Rätsel zu lösen, man lernt nichts dabei oder tut irgendwas. Es ist Gehirntraining, sagt Steve, man wird nicht so schnell dement, Laufen ändert auch nichts, du hast dein Hobby und ich hab meins. Ist sowieso etwas seltsam, sagt er, wie viel du läufst, normal ist das nicht, das weißt du auch, du bist süchtig. Leck mich doch, sagt sie, ja, ich weiß, dass das nicht normal ist, normal ist es, auf dem Sofa zu sitzen und sich Kuchen ins Maul zu stopfen und sich über sein Gewicht zu beschweren, bis man Typ-2-Diabetes hat und sie einem die

Füße amputieren müssen und dann stirbt man, nein danke. Und weg ist sie und schon wieder da, bevor die Kinder wach sind, oder etwa nicht, und wenn es sie fit hält und es ihr bis ins hohe Alter gut geht, sollte er dankbar sein, sie weiß, wer sich dann um wen kümmern wird.

Sie muss umdrehen. Sie kann hören, wie ihre Kinder sich in ihren Betten wälzen, kann ihren Morgenatem riechen, unter ihren Fingern ihr raues, ungekämmtes Haar spüren. Kleine nackte Füße auf dem Teppich, kleine morgendliche Erektionen in Dinosaurierschlafanzügen. Sie läuft nur noch bis zu der Bucht da vorn, wo der Loch im Nebel gegen Felsen und Baumwurzeln plätschert, etwas Zartes zwischen Wasser und Land, das fast ein Strand ist, und dort wird sie Pause machen, ein kurzer Triumph, ehe sie umkehrt.

Und sie macht Pause, und sie hält inne, atmet durch den Regen den Morgen ein, ist still, lässt Wasser von ihren Haaren und ihrem Oberteil tropfen. Hier ist sie, am Fuß dieses Berges, neben diesem Loch. Hier, jetzt.

Sie macht sich wieder auf den Weg, bevor ihre Muskeln abkühlen, bevor das Gleichgewicht ihres Körpers sich verändert, den Hügel wieder hinauf, unter den Bäumen, am Ufer entlang. Da ist ein Wanderer, und noch zwei, mumifiziert in wasserdichten Jacken und Hosen und Stulpen, die Rucksäcke mit Segeltuch umwickelt. Lauft einfach, denkt sie, zieht das alles aus und lauft, und sie ist oben auf dem Hügel oberhalb des Parkplatzes, als es wieder passiert. Fühlt es sich an, als hätten Sie einen Fisch in der Brust, hatte der Arzt gefragt, Patienten sagen oft, es sei wie ein schlagender Fisch. Ein bisschen, sagte sie und beobachtete, wie er den Sensor auf die Knochen über ihrer Brust hielt, so wie sie es bei ihrem schwangeren Bauch getan haben, und dachte, eher wie ein Vogel eigentlich, ein Flattern oder ein Streifen, nichts Besorgniserregendes, nichts, womit sie einen Arzt behelligt hätte, wäre sie nicht bei der Arbeit oben an der Treppe zusammengebrochen. Es ist überhaupt nichts, sagte sie später zu Steve und zur Personalabteilung und zu ihrer Mum, nach dem Krankenwagen und dem Sauerstoff und dem EKG. Rein gar nichts, ich war nur morgens laufen und bin nicht zum Frühstücken gekommen, ich wurde schon immer schnell ohnmächtig, weißt du noch, als ich mit Noah schwanger war? Kein Grund, nicht mehr zu laufen, so ein einzelner komischer Vorfall.

Diesmal ist es eher wie ein Flügelschlag, als sie durch die braune Pfütze platscht, die den Weg jetzt in seiner ganzen Breite ausfüllt. Eher wie ein kleines Säugetier, denkt sie und grinst angesichts der imaginären Menagerie in ihrem Brustkorb, der ganzen verdammten Nahrungskette, die sich in ihren Herzkammern versammelt hat, eher etwas mit eilenden Füßchen. Kleiner als ein Hase. Eine Wühlmaus, Doktor, da ist eine Wühlmaus in meiner rechten Herzkammer. Irgendwann, denkt sie, irgendwann, Mädchen, und sie zieht ihre nasse Weste aus, ballt sie in der Hand, steigert ihr Tempo, rast mit nacktem Bauch durch den Regen, am Zelt vorbei und durch die Bäume und um die Schranke am Eingang der Ferienanlage herum, vorbei an den Fahrrädern und den blauen Gasflaschen und der schlaffen Wäsche und dem alten Mann, der wieder mit einer Tasse Tee an der offenen Terrassentür sitzt. Sicherheit geht vor, hat der Facharzt gesagt, in dem überheizten rosa Zimmer mit den zwischen den Patienten ruhenden Maschinen, wir müssen an Ihre Kinder denken, die brauchen doch ihre Mama, ich muss Ihnen leider sagen, mit Laufen muss Schluss sein. Und wenn Sie meinen Rat wirklich nicht annehmen wollen, laufen Sie wenigstens nicht weit, überfordern Sie sich nicht, und laufen Sie niemals alleine.

Aber was sollte jemand anders denn machen, wenn ihr Herz stehen bleibt? Was würde es bringen, einen Zeugen zu haben?

Die Tage der ersten Pflanzen

Hier ist der Highland Boundary Fault, vor vierhundertzwanzig Millionen Jahren die Trennlinie zwischen Bergen und Ebene, als die Felsen, aus denen heute Schottland besteht, südlich des Äquators lagen. Der Sandstein im Süden wurde geschaffen von Flüssen, die in den Tagen der ersten Pflanzen Sand und Kiesel von den Bergen herabtrugen.

War das Wasser braun vom Sediment, schäumte es?

Hat sich der Klang von Flüssen in all den Jahrtausenden verändert?

Was war das Flussbett, bevor es Fels wurde?

Das Land unter unseren Füßen, weit unter unseren Füßen, unter unseren Häusern, Straßen, Rohren, U-Bahn-Systemen, Minen und noch unter unserem Fracking; unter Tälern, tiefsten Seen und Gräben im Meeresgrund verschiebt, verformt, verändert sich ständig. Wir beschreiben die Oberfläche, aber die Oberfläche ist in Bewegung.

Hier: Im Norden die Dalradian Supergroup, vorzeitlicher, präkambrischer metamorpher Fels.

Im Süden devonisches Sedimentgestein, altes und junges, geprägt von den Abdrücken primitiver Pflanzen.

Am Anfang waren Erde und Feuer. Gab es damals Hier? Gab es Schottland?

Sollte die Geschichte des Felsgesteins uns trösten, in geologischer Zeit?

Das Gegenteil von Tanzen

Nach all den Jahren, in denen er aufgestanden ist und das Haus verlassen hat, bevor die anderen wach waren, weiß David, wie er es anstellen muss, damit ihn niemand hört. Er ließ den Geist seines besseren Ichs an seinem rechtmäßigen Platz neben ihr zurück, während sein verstohlenes Ich, sein Arzt-Ich, die Treppe hinunter und in die Küche glitt, leise die Tür schloss, nicht das Radio anstellte – obwohl er gern Nachrichten gehört hätte –, Kaffee und Toast machte und den für diesen Tag bestimmten Teil der Wochenendausgabe las. Earl Grey in das Teesieb mit dem kniffligen Verschluss, ein Schuss Milch in die Porzellantasse mit den Veilchen, die er ihr vor Jahren geschenkt hat, nicht zu voll, denn zuletzt, bevor er Schuhe und Jacke anzog, seine Aktentasche nahm und ging, war er mit dem Tee noch mal die Stufen hochgestiegen und hatte gesagt, Mary, Mary, Liebes, ich bin dann weg, hab einen schönen Tag. Sie hatte ganz schön was leisten müssen, diese Tasse Tee: Als die Kinder klein waren, vergingen Tage, bis er sie mal wach erlebte, und Wochenenden hatte er auch nicht immer gehabt. Jetzt macht er den Tee, wenn sie aufwacht, nicht vorher.

In der Hütte ist es schwerer als zu Hause, sie in Frieden zu lassen, aber er hat es lange genug geübt, und wenn er mal vermutet, dass sie nur tut, als ob sie schläft, dass sie nur noch nicht richtig bereit ist für ihn und den Tag, hofft, ein paar Minuten lesen zu können, wenn er aus dem Weg ist, dann sagt er es nicht. Ist er darauf nicht selber aus, eine gestohlene Stunde Einsamkeit? Es gibt Momente in seinem Ruhestand, die das Gegenteil von Tanzen zu sein scheinen, ein tägliches Versteckspiel, dessen unausgesprochenes Ziel es ist, die Liebste zu meiden. Er drückt den Stempel der Cafetière nach unten – eine richtige Kaffeemaschine lohnt sich hier nicht – und trägt sie zusammen mit einer unelegant großen Steinguttasse zum Tisch neben seinem Sessel. Er ringt mit dem Schloss, schiebt die Terrassentür auf, lässt den Tag herein. Es ist kalt, wird sie sagen, können wir die Tür zumachen, soll heißen, warum hast du sie aufgemacht, du weißt doch, dass ich es nicht mag, wenn es zieht, aber fürs Erste kann er hier sitzen und das Gefühl haben, sowohl drinnen als auch draußen zu sein, kann Wind und Wetter atmen in einem schönen Samtsessel mit seinem Kaffee. Er schenkt ein, von weiter oben als nötig, bewundert die Form der fallenden Flüssigkeit und den sich ringelnden Dampf, die Drinnen-Variante des Nebels zwischen den Bäumen. Der Duft steigt auf, diese Mischung hat er zu seiner liebsten erkoren, nachdem er sich in dem neuen Deli zu Hause am Bahnhof durch das Regal gearbeitet hat – ein gutes Zeichen, dass der Laden aufgemacht hat, die Immobilienpreise halten sich –, und die er jetzt immer in kleinen Tüten kauft, frisch geröstet.

Mit Regen muss man hier rechnen, aber so ist es normalerweise nicht. Es regnet Bindfäden, hätte sein Vater gesagt. Wenn das so weitergeht, ist die Straße unten bald überschwemmt. Es ist kein schottischer Regen, eher tropisch, nicht dass er mal in den Tropen gewesen wäre oder auch nur dort hingewollt hätte, Insekten und Parasiten, Gastroenteritis,

Melissa, die, genau wie er es vorhergesagt hatte, mit Sonnenbrand und Untergewicht und mysteriösem Fieber von der Reise zurückkam. Sicher wird sich das Wetter bald beruhigen. Als die Kinder noch klein waren, war das hier immer die Rettung gewesen, das Einzige, was man über das Wetter mit Sicherheit sagen konnte, war, dass es nicht anhielt. An den meisten Tagen war es irgendwann trocken, und wenn nicht – wofür gab es Regenjacken und Gummistiefel, und in späteren Jahren Taucheranzüge und Kajaks. Sein Kajak liegt immer noch unter der Veranda, ruht im hohen Gras. Vielleicht nisten Eichhörnchen darin, aber wenn er wollte, könnte er es rausholen, dieses Plastikzeug rostet und verrottet nicht, allerdings hat er die Rettungswesten seit Jahren nicht mehr gesehen. Wahrscheinlich verrotten die auch nicht, werden die nicht noch nach Jahren an Stränden angeschwemmt, zusammen mit Turnschuhen und Plastikflaschen? Er nimmt noch einen Schluck, und da ist ja das Mädel, das das ehemalige Pollocks-Haus gemietet hat, rennt, als würde sie vor einem Bären davonlaufen. Hat ihr Oberteil ausgezogen, die muss doch frieren, und das in ihrem Alter, also wirklich – er musste früher manchmal eine Anstandsdame dazuholen, um Frauen zu untersuchen, die mehr anhatten als das, damals, als die Inder anfingen, in die Vorstädte zu ziehen. Man wundert sich, was sich unter diesen Burkas und Schleiern und so weiter oft findet, kein Wunder, dass sie verlegen werden. Er beugt sich vor, um sicherzugehen, dass wirklich keiner hinter dem Mädchen her ist, auch wenn er weiß, dass sie an den meisten Tagen Joggen geht. Hätte Mary das gemacht, er hätte es nicht gut gefunden, ganz allein in dem Stretchzeug zu den unmöglichsten Zeiten, und dann mit den Dingern in den Ohren, sie würde ja nicht mal merken, wenn jemand hinter ihr her wäre, und was ist mit ihren Kindern, wer kümmert sich um die, während sie ihre Gelenke abnutzt und in Unterwäsche den Hügel runterrast? Sie sieht aus, als würde sie beim Laufen lachen, sie achtet nicht mal drauf, wo sie ist, als wären der Loch und die Hügel ein gigantisches Fitnessstudio. Die Anlage ist nicht mehr, was sie mal war, als sie die Hütte gekauft haben; zieht nicht mehr die gleiche Art Leute an. Sie haben sie vom Reißbrett gekauft, als noch hohe Bäume standen, wo jetzt die Häuschen stehen. Dir ist klar, sagte Mary, dass wir gerade dein halbes Erbe ausgegeben haben für eine Zeichnung von etwas, das noch nicht mal existiert? Aber seinem alten Vater hätte es gefallen, sein Sohn, der Arzt, mit einem Haus in Bearsden und einer Hütte in den Trossachs, die Kinder auf guten Schulen. Wahrscheinlich hätte ihnen trotzdem klar sein müssen, was kommen würde, sie hätten verkaufen sollen, als Duncan und Maggie auszogen, danach war es nicht mehr dasselbe, obwohl die Pollocks noch da waren. Aber gefeiert haben sie damals, das muss er schon sagen, natürlich haben sie gefeiert. Sommerabende, Lagerfeuer am Strand, Würstchen am Spieß, ein Haufen Kinder, die viel zu lange aufblieben, und die Erwachsenen saßen am Ufer, bis aus der Abend- die Morgendämmerung wurde. Sogar Silvester, wenn nicht gerade so viel Schnee lag, dass man mit dem Auto nicht die Straße hochkam, aber manchmal auch dann, er weiß noch den einen Winter, als Mary und die Kinder ausstiegen und sich unter die Bäume stellten, während er den alten roten Ford den Hügel hochtrieb, was ihm tatsächlich gelang. Aber das war was anderes, da kamen alle zusammen, es war nicht eine Partei, die alle anderen die ganze Nacht wach hielt, und damals war auch die Musik echt, Duncan mit seiner Fidel, und war nicht auch ein Dudelsackspieler dabei, kann das sein?

Er ist sicher, sich an einen Dudelsackspieler zu erinnern, jedenfalls ein, zwei Mal, hört ihn über dem Wasser, so wie es sein soll. Noch vor fünf oder zehn Jahren hätte es so was wie diese Rumänen in den letzten beiden Nächten hier nicht gegeben, im Sommer mal ein französisches Kennzeichen oder ein deutsches, aber die wussten sich zu benehmen. Und diese ganzen Radfahrer hatte es auch nicht gegeben und die schrecklichen Jetskis, wie riesige Mücken, und die Jogger in hautengem Neon. Nicht dass sie nicht auch die Berge bestiegen hätten, noch vor zwei, vielleicht auch drei Jahren waren sie auf dem Ben, als Marcus fürs Wochenende kam und die Sonne brannte und Unerschrockene am Ufer entlangschwammen, aber Wandern ist nicht Laufen, dabei ist ja keine Zeit zum Gucken und Hinhören. Wildblumen, Vogelgesang, Mary kannte normalerweise die Namen. Er würde es sicher immer noch da hoch schaffen. Wahrscheinlich jedenfalls. Man hatte bei dem Wetter ja keine Lust, es zu versuchen. Mehr Kaffee.

Er beobachtet den Regen. Er hört ihn übers Dach laufen, hört das Trommeln auf die südlichen Fenster und das Klingeln in Dachtraufe und Fallrohr. In Japan, sagt Mary, das hat ihr Melissa erzählt, gibt es Gärten, die entworfen wurden, um im Regen zu singen, mit verschieden langen Bambusrohren über Teichen und Bronzeglocken, die von Regentropfen zum Klingen gebracht werden. Aus einem schottischen Tal ließe sich ein Orchester machen, sogar aus einer Ferienanlage, man könnte Glocken und Glockenspiele aufhängen und damit alle verrückt machen. Im Haus nebenan läuft die Regenrinne über, tropft auf deren Picknicktisch aus Metall. Peter hätte sich darum kümmern müssen, nur weil er seine Hütte ständig vermietet, heißt das nicht, dass jemand anders die Verantwortung dafür hätte. Da waren sie sich im Verwaltungsausschuss immer einig gewesen, unnötig, Geld für Pförtner und Hausmeister und sonst was zu verschwenden, die Männer waren alle sehr gut in der Lage, sich selbst um ihren Besitz zu kümmern. Na ja, einige mehr als andere. Immer besser weggehen, bevor es schlimm wird, man sollte meinen, David hätte das inzwischen gelernt, man sollte meinen, die letzten Jahre im Beruf hätten ihn jedenfalls das gelehrt. Noch können er und Mary ja raus, rüber zu dem anderen Loch, eine schöne Fahrt und dann eine Runde mit der Fähre. Früher war so eine Spritztour in Ordnung, einfach die Reifen auf der Straße spüren und die Hügel im Rückspiegel kleiner werden sehen, schnell schaltend bergauf fahren und wieder bergab rollen, bevor jeder einen CO_2-Fußabdruck hatte oder jedenfalls bevor ständig davon geredet wurde. Das ist eine gute Straße, da hoch. Mary wird inzwischen wach sein, denkt er, oder beinahe, und er stellt seine leere Tasse ab und steht auf, um ihr Tee zu machen.

Mary macht Frühstück. Sie mag es nicht, wenn er was in der Küche macht, sie wischt seufzend die Oberflächen ab, während er noch darauf arbeitet, nimmt das Salz aus dem Schrank, in den er es gerade gestellt hat, und stellt es ins Regal, ordnet die Messer neu, wenn er sie in den Block gesteckt hat. Sie essen Müsli, das sie beide nicht besonders mögen und das das Zahnfleisch strapazieren kann, aber es ist gesund und richtet keine Schweinerei an, mit fettfreiem Joghurt und klumpigem Orangensaft, der bemerkenswert eklig schmeckt, wenn man ihn aus Versehen nach dem Joghurt trinkt. Dann räumt Mary den Geschirrspüler ein und putzt, was sie putzen will, und er geht kacken. Er lässt für sie das Fenster offen, in der Annahme, dass sie das Gleiche macht, obwohl er seit seinem Ruhestand den Eindruck hat, dass Mary überhaupt nicht mehr kackt. Während er auf sie wartet, nimmt er sein Buch zur Hand – das ist ein Vorteil seines Ruhestands, er liest viel mehr –, und als sie schließlich auftaucht, geschminkt, mit Lippenstift, fragt er sie, ob sie heute immer noch rausmöchte. Ja, sagt sie, warum nicht, auf der Fähre sind wir im Trockenen und da ist ein nettes kleines Café, ich kann im Warmen sitzen und zeichnen. Dachte ich auch, sagt er, und ich nehme meine Regensachen mit und gehe ein bisschen spazieren.

Sie greift nach seinem Arm, als sie über die Schwelle tritt, den anderen Arm streckt er aus, um ihr den Regenschirm über den Kopf zu halten. Sie ist nervös, das weiß er, weil das Holz nass ist, aber immerhin nicht glitschig, und wegen der drei Stufen bis zum Kies unten. Sie hat Angst zu stürzen, und dass sie dann nicht wieder hochkommt, und dass es dann unwürdig und schmerzvoll wird. Vielleicht ist es auch nicht so konkret, vielleicht hat sie einfach Angst, dass »etwas passiert« und niemand zu Hilfe kommt, keine fröhlichen Sanitäter in Grün. Er geleitet sie zum Wagen, passt sich ihren langsamen Schritten an, wechselt den Schirm in die andere Hand, um ihr die Tür aufzuhalten, wechselt zurück, als sie nach seinem Arm greift, um sich auf dem Beifahrersitz niederzulassen und ihre Handtasche katzengleich auf ihrem Schoß auszurichten, macht die Tür hinter ihr zu, für sie, und geht noch mal zurück, um das Haus abzuschließen. Regen weht unter den Schirm. Aus irgendeinem Grund darf sie nicht nass werden, er aber schon. Geh einfach weiter, denkt er, diese gebrechliche Show ist schon vor Monaten zur Realität geworden. Zieh dir ordentliche Stiefel an und steh in ihnen. Sie sind in dem Alter, in dem man verliert, was man nicht benutzt, noch schneller als das, was man benutzt.

Er schüttelt die Regentropfen von seiner Jacke, steigt wieder ins Auto. Die Fenster beschlagen schon von Marys Wärme, und obwohl dieses Auto das Kondenswasser wie von Zauberhand beseitigt, beugt er sich vor und wischt mit dem Ärmel über die Windschutzscheibe. Genau für so was hat er keine Zeit, mit laufendem Motor auf klare Scheiben warten, ohne irgendwo hinzufahren. Er lässt den Motor an, fährt zu schnell den Kiesweg bis zur Schranke hoch. Neben ihm seufzt Mary, hält ihre Handtasche fester.

Bis zum Café ist es nicht besonders weit, in Luftlinie jedenfalls nicht. Früher sind sie jeden Sommer zu Fuß hin, manchmal öfter als einmal die Woche; neun Meilen pro Weg, aber man kann sich Zeit lassen, zu dieser Jahreszeit besteht nicht die Gefahr, dass das Tageslicht knapp wird. Wenn man den Weg am Ufer entlang Richtung Fluss nimmt, führt einen die alte Straße durch den Wald zum nächsten Loch, zu dem großen Haus am Ufer mit den umgewandelten Nebengebäuden und dem Anlegesteg. Dort befindet sich im alten Bootshaus das Café, eine Wand besteht aus verglasten Rundbögen, wo früher die Ruderboote des Gutsherrn auf dem Wasser schaukelten. Im Wohnzimmer zu Hause steht ein Foto von Mary und der sechzehnjährigen Melissa, wie sie sich auf der alten Straße sonnenblondiert zu ihm umdrehen und ihn anlächeln – er erinnert sich an die zarten Nachwehen der Auseinandersetzungen von Mutter und Tochter, die durch den Sommer hallten wie Gewitterdonner in den Bergen, nie weit genug entfernt, als dass man hätte aufhören können, an sie zu denken – und in einem von Marys Fotoalben eine ganze Serie von den Kindern, wie sie am Ufer herumtollen, man könnte fast sagen, spielen, auf eine Weise, aus der sie überall sonst längst hinausgewachsen waren, nur in der Hütte nicht.

Aber diese Luftlinie ist verblasst, zumindest für Mary. Er nimmt die Straße schnell. Er fährt sie schließlich seit dreißig Jahren, kennt sie, wie er die menschliche Anatomie kennt. Mary umfasst den Griff über dem Fenster und hält sich fest, holt Luft, als wollte sie etwas sagen, sagt aber nichts. Er schaltet, fragt sich, welches Wissen ihn als Letztes verlassen wird, werden seine Nervenbahnen ihre Richtung vergessen, ehe er den Überblick über sie verliert, wird die Stadt, die sein ganzes Leben lang sein Zuhause war, verwackeln und verschwimmen, während er all die Gedächtnishilfen aus dem Medizinstudium noch kennt? Wird er sich an das längst begrabene Gesicht seiner Mutter erinnern, wenn er den Namen des Premierministers nicht mehr kennt? Noch ist er natürlich in der Lage zu lernen. Er bleibt mit dem *British Medical Journal* auf dem Laufenden, und er wird sich diesen Herbst zum Italienischunterricht anmelden. Vielleicht fahren sie nächsten Sommer sogar nach Italien, wenn sie die Hütte tatsächlich verkaufen, könnten sie doch. Durch die Weinberge wandern, Mary sieht sich Kunst an. Ups, Fahrrad. Lieber er als ich, bei dem Wetter. David, du meine Güte, sagt Mary, du hast den armen Kerl fast angefahren, fährst du jetzt um Gottes willen langsamer.

Er beschleunigt in die nächste Kurve, spürt die Hinterreifen leicht wegrutschen, während er und sie nach innen kippen. Dafür gibt es schließlich ABS, oder nicht, und all die anderen Abkürzungen, für die er so viel bezahlt hat. Dieses Auto könnte man nicht mal von der Straße kippen, wenn man es versuchte. Wenn du nicht langsamer fährst, sagt sie, kannst du hier einfach anhalten und mich rauslassen, ich laufe zurück.

Tut sie nicht.

Ich mache mir gar nicht um uns Sorgen, sagt sie, hier sind Jogger und Kinder auf Fahrrädern und alles, das geht nicht, das mache ich nicht mit.

Schon gut, sagt er, beruhige dich. Im Hinterkopf hört er Melissa, die rechthaberische Studentin Melissa, die alles wusste und in ihrem ersten Jahr Französisch und Soziologie entdeckte, wie sich alle unter allen Umständen verhalten sollten. Wag es *bloß* nicht, mir zu sagen, ich soll mich beruhigen. Diese Generation hat vergessen, wem sie die Gleichstellungsgesetze zu verdanken hat, wer Frauen in der Medizin Platz gemacht hat; wer schwarze und weiße, reiche und arme Patienten und Patientinnen erstmals gleichbehandelt hat; wer Frauen Verhütungsmittel gab und Abtreibungen anbot, sobald sie legal waren. Es gibt Schlimmeres, mein Schatz, als gesagt zu bekommen, man solle sich beruhigen, wenn man durch den Wind ist.

Die Scheibenwischer, die die Regendichte feststellen und sich darauf einstellen, verlangsamen ihren Rhythmus. Er blinkt, nimmt die erste Spitzkehre bergauf, ein schönes, glattes, EU-gefördertes Wunderwerk der Technik, über das außerhalb der Saison vielleicht zwei Dutzend Autos pro Tag fahren. Wie können die Engländer so dumm sein, denkt er erneut, wie können sie den gelben Ring aus Sternen auf jeder neuen Straße, jedem neuen Krankenhaus, den erneuerten Schienen und neu gemachten Stadtzentren der letzten dreißig Jahre nicht sehen?

Sie haben noch reichlich Zeit bis zur ersten Fähre des Tages, und auf dem mit Schlaglöchern übersäten Parkplatz stehen kaum Autos. Das Wasser ist kabbeliger als bei ihnen, aufgewühlt von heftigerem Wind, und die Wolken stehen hier höher über dem Tal, aber natürlich regnet es noch. In den

Pfützen breiten sich Ringe aus, und er muss an ein paar Parkplätzen vorbeifahren, um einen zu finden, bei dem Mary nicht fürchten muss, nasse Füße zu bekommen. Er fragt sich, wo sich das Wetter geändert hätte, wenn sie zu Fuß hergekommen wären, ob sie mittendrin gewesen wären, ob er den Regen im Gesicht gespürt und es genossen hätte, durch seine gute Regenkleidung geschützt zu sein. Na ja, er wird ein bisschen rauskommen, wenn sie im Café ist. Er wird am Ufer langgehen, wo die Kinder früher darum wetteiferten, wer aus Steinen den höchsten Turm bauen konnte, und sich gegenseitig antrieben, tiefer in das unnatürlich kalte Wasser zu gehen.

Das Auto ermittelt Dunkelheit, weshalb im Innenraum alle Lichter angehen, als er den Motor ausstellt. Aber, denkt er beim Aussteigen, der Regen hat tatsächlich nachgelassen. Er bleibt stehen, um seine Schuhe zu schnüren, bückt sich mit durchgedrückten Knien, spürt die Dehnung in der hinteren Oberschenkelmuskulatur.

Er hält den Regenschirm über sie, als wäre er Portier in einem dieser Hotels, hilft ihr aus dem Wagen, wartet, bis sie das Gleichgewicht gefunden hat, bevor er die Tür schließt und die Schlösser piepsen lässt. Sie hatte mal eine Phase, als sie immer die Schlüssel in ihrem kleinen Auto einschloss. Fast jede Woche kam er nach Hause und musste das Seitenfenster mit dem geglätteten Drahtbügel aufhebeln, den er dafür schon in der Garage bereithielt. Erst kürzlich, erst nachdem in all den Fortbildungskursen von postpartaler Depression geschwafelt wurde, war ihm in den Sinn gekommen, dass Marcus in dem Winter ein Baby war und Melissa ein Kleinkind und er genug Mütter sah, die zu müde waren, um klar zu denken, oder wirklich depressiv. Unbeabsichtigte Überdosierungen, dumme häusliche Unfälle, Erschöpfungskrankheiten und ein gestörtes Immunsystem. Er hat sich diese Arbeitszeiten ja nicht ausgesucht. So war das eben damals, als Arzt. Schließlich hat er Leben gerettet. Die Leute kamen mit Angst und Schmerzen zu ihm, und er hat dafür gesorgt, dass es ihnen besser ging, zusammen mit dem staatlichen Gesundheitsdienst, immer wieder, ohne dass sie über Geld auch nur hätten nachdenken müssen. Und er hat Mary und den Kindern ein komfortables Leben ermöglicht, diese ganzen Schulgebühren, und sie musste nie arbeiten, musste sich nie Sorgen machen, vollkommen anders als bei seiner Mutter. Das war es, was von einem Mann erwartet wurde, und es war nicht leicht und kein Spaß, aber er hat es getan, er hat für seine Familie gesorgt. Guck mal, sagt sie, da drüben sieht es fast aus, als käme die Sonne raus. Die Sonne wird nicht rauskommen, nicht in absehbarer Zeit. Man könnte meinen, die Sonne würde nie wieder scheinen, als wäre sie gar nicht mehr da oben, als triebe sie angeekelt davon, zu einem anderen Planetensystem. Er tätschelt ihr die Hand, die seinen Arm hält, drückt sie, und sie blickt auf und lächelt.

Natürlich möchte sie auf der Fähre unten sitzen, und fairerweise: Die anderen, vermutlich widerstandsfähigeren Passagiere wollen es ja auch, darunter ein Paar in Stiefeln und Regenkleidung, das sicher vorhat, zu Fuß zu gehen, egal bei welchem Wetter. David und Mary sind immer nach oben gegangen, auch wenn ein Sturm durchs Tal heulte, und zehn Minuten später sagte die Crew ihnen dann, sie sollten reingehen, das wäre für Kinder nicht sicher. Marcus hat er mal dabei erwischt, wie er über die Reling gespuckt hat, und obwohl er ihn zurechtwies, konnte er verstehen, warum er es gemacht hatte. So eine fatale Höhe bringt den Wunsch mit sich, sich hinunterzuwerfen, oder etwas von sich, und sei es nur Spucke. Ich geh mal rauf, sagt er, nur für ein paar Minuten. Dann wirst du nass bis auf die Haut, sagt sie.

Er zieht die Kapuze hoch, als er auf die Stufe und in die Türöffnung tritt, anscheinend ist dieses Schiff fürs offene Meer gedacht, für schäumende Wellen. Er fragt sich, wie sie es hierher bekommen haben, als die EU-Straße noch nicht gebaut war, ein Stahlschiff, das hundert Seelen über ein Loch befördern kann, in einem Tal, das fünfhundert Meter über dem Meeresspiegel liegt, und, entscheidender, vierhundert Meter über der nächsten großen Straße. Er erklimmt die eisernen Stufen bis zum Oberdeck, die Hand auf dem tropfenden Geländer in den wasserdichten Handschuhen warm und trocken. Regen peitscht auf seine Schultern und seine Kapuze. Er lehnt sich gegen die Reling, spürt, wie seine Knochen mit dem Schiff beginnen zu vibrieren, als die Motoren in Bewegung kommen und die zwei Teenager in dünnen Jacken mit dem Namen des Schiffes auf dem Rücken die Taue losmachen und aufrollen. Er betrachtet das sich ausdehnende dunkle Wasser, sieht die grauen Hügel und die nassen Bäume sich zurückziehen. Dieser Loch ist der beste Ort seines Lebens, denkt er, dieser doppelte Rückzugsort, das Tal, in das er von seiner Waldhütte kommt, um Ruhe und Frieden zu finden, und es tut ihm leid, wenn das ein Klischee ist, wenn Dorothy Wordsworth und der verdammte Sir Walter Scott und Queen Victoria persönlich dasselbe empfunden haben, aber Klischees wären keine Klischees, wenn sie nicht stimmten.

Nachdem er zum dritten Mal den Regen von seiner Brille gewischt hat, geht er wieder zu Mary runter und findet sie, wie erwartet, im Gespräch, diesmal mit dem wandernden Paar, das seinen Faltplan auf dem Tisch ausgebreitet hat. Uns gefällt es hier oben so gut, sagt das Mädchen – einer dieser englischen Dialekte, die sich entwickelt haben, um vom Kopfende eines Tisches hörbar zu sein oder von der Brücke eines Schlachtschiffs oder welche Befehlsposition sonst gerade frei ist –, und natürlich ist das Jedermannsrecht fantastisch, nur wäre es etwas leichter, wenn die öffentlichen Wanderwege sich nicht nur auf dem Boden, sondern auch auf der Karte fänden, es ist ja schön, dass man überall langgehen darf, aber wir brauchen Ewigkeiten, um die Wege überhaupt zu finden. Ja, sagt Mary, haben Sie denn nicht so eine Ad oder wie das heißt, auf dem Ding, macht man das nicht heute so? Jetzt komm schon, denkt er, sie weiß doch, was ein Handy ist, er hatte schon in den Achtzigern eins, es revolutionierte den Bereitschaftsdienst. Und sie kennt doch auch Apps, was glaubt sie, wie sie mit Melissa spricht? Handy, sagt der Junge, eine App auf meinem Handy. Ja, genau, sagt sie, wahrscheinlich ist es am besten, auch noch einen Kompass dabeizuhaben, für alle Fälle. Zu den Karten gibt es heute immer auch Downloads, sagt der Junge, und man kann sie mit seinem GPS synchronisieren, aber wenn ein Weg nicht auf der Karte ist, kann man ihn so auch nicht finden. Wir hoffen, es gehen genug Leute da rauf und es ist ein ordentlicher Weg. Es gab mal einen, sagt David, vor vielleicht fünf Jahren. Seitdem war ich nicht mehr oben, aber ich glaube kaum, dass er verschwunden ist. Und wenn man weiß, wo auf dem Berg man sich befindet, und die Sicht gut genug ist, dann braucht man keine Wege, darum geht es ja beim Jedermannsrecht, man benutzt seinen gesunden Menschenverstand und liest die Landschaft. Mary wirft ihm einen Blick zu. Gut, sagt der Junge, wir geben unser Bestes, und wenn es funktioniert, sehen wir uns vielleicht auf dem Rückweg, haben Sie noch einen schönen Tag.

Das wäre nicht nötig gewesen, sagt Mary, haben wir uns früher nicht selbst oft genug verlaufen? Er steht auf, um durch die beschlagenen Fenster zu sehen, die vagen Umrisse der Seebrücke, der Gebäude, die Jungs, die schon wieder herumeilen. Über ihren Köpfen sind auf dem Deck schnelle Schritte zu hören, und die Maschinen beginnen ruckelnd zu stampfen. Früher haben sie diesen Moment an Deck verbracht, bereit, auf den Anleger zu springen, sobald die Kette geöffnet wurde. Aye, sagt er, vielleicht, aber ich hab nie Holyrood die Schuld gegeben, sollen sie doch in England bleiben mit seinen öffentlichen Wanderwegen und seiner fiesen kleinen Regierung, wenn es ihnen hier nicht gefällt. Ach, hör auf, sagt sie, und jetzt hilf mir die Treppe hoch.

Er braucht die Hilfe von einem der Jungen, um sie über die Stufe zwischen Schiff und Ponton zu bekommen. Er spürt ihre Anspannung, als sie sich nähern, und in der Lücke zwischen den Brüstungen erstarrt sie, sieht sich fallen, mit dem Fuß zwischen dem sich bewegenden Deck und den nassen Holzplanken des Anlegers stecken bleiben, oder sich dem Holz anvertrauen, das dann glitschig ist unter ihren Füßen, sodass sie ausgestreckt daliegt, unter den Blicken der jungen Männer und des Paars, das seine Karte nun vor dem Café konsultiert. Du fällst nicht, will er ihr sagen, aber es wird nichts ändern, wenn er es sagt. Ich halte dich fest, sagt er stattdessen, und einer der Jungs sagt, wir lassen Sie nicht fallen, Liebes, versprochen, halten Sie sich einfach an mir fest. Ich kann das, denkt er, sie ist meine Frau, aber der Junge steht mit einem Bein auf dem Schiff und mit dem anderen auf dem Ponton, bewegt die Hüften leicht mit den Bewegungen des Wassers, und der andere wartet mit ausgestreckten Armen darauf, sie in Empfang zu nehmen. Los, Liebes, sagt er, du

kannst das. Sie murmelt etwas, das er beschließt, nicht als
»Halt den Mund« zu identifizieren, und nimmt die Stufe,
empfangen von dem jungen Mann, der sie dann den Ponton
hoch geleitet, halb den Arm um sie gelegt, fast als wäre sie
seine Oma. David begegnet dem Blick des anderen Jungen,
der überlegt, ob er ihm seine Hilfe anbieten soll, und macht
den Schritt nach unten, ohne den Blick zu senken. Wag es ja
nicht, Jungchen, denkt er.

Mary blickt auf und lächelt, als sie das Café betreten. Es
ist einer dieser Innenräume, in dem mehr Licht ist als draußen am Himmel, die weißen Wände strahlen beinahe, der
Holzboden glänzt, und die grob gemaserten Dachbalken
leuchten im Gegenlicht. Es riecht nach Kaffee und nassen
Jacken, und um den großen Tisch am Fenster sitzt eine Familie mit einem Baby im Hochstuhl und zwei kleinen Kindern. Beide tragen rote Gummistiefel und Matschhosen und
drücken Nasen und klebrige Finger an die Glaswand, um das
Wasser zu ihren Füßen sehen zu können. Schlieren mitten
auf der Scheibe. Ich geh da rüber, sagt Mary, da bin ich aus
dem Weg und habe eine schöne Aussicht, die ich zeichnen
kann. Bleibst du auf einen Kaffee, oder willst du gleich weiter? Gleich weiter, sagt er, wenn es dir nichts ausmacht. Nein,
sagt sie, es macht mir nichts, und er sieht, dass es ihr wirklich nichts macht oder sie sogar möchte, dass er geht, wahrscheinlich wird sie die klebrigen Kinder anlächeln, sich von
ihnen beim Zeichnen zugucken lassen und ein Gespräch mit
der Mutter anfangen, die aus dem Fenster starrt und sich an
ihrem Kaffee festhält, als würde er sie retten, während der
Papa die Zeitung von gestern liest. Die Kellnerin ist hinter
der Theke beschäftigt. Soll ich dir auf dem Weg nach draußen einen Kaffee bestellen, fragt er. Sie wird schon kommen,

wenn sie so weit ist, sagt Mary, keine Eile, genieß deinen Spaziergang.

Aber er genießt ihn nicht wirklich. Man lebt nicht sein Leben lang in Schottland und hat Angst vor Regen, aber dieses Wetter ist seltsam, zu viel, der Regen bohrt sich in den Boden und wühlt Schlamm auf. Erosion statt Bewässerung. Die Regenkleidung ist gut, sie hält, aber sein Knie schmerzt etwas, und das wird nicht besser, und der Weg ist so matschig, dass er beschließt, in die andere Richtung zu gehen, an der Straße lang. Nicht dass er Angst hätte, auszurutschen, aber sich einen Weg durch den Matsch zu suchen, macht keinen Spaß, aber es macht auch nicht mehr Spaß, gegen den peitschenden Regen zu laufen, der sich auf seinen Brillengläsern niederlässt und ihm von der Nase tropft, und zwischen Brille und Kapuze sieht er von der Landschaft sowieso nicht viel. Fünfundvierzig Minuten lang sollte er schon weg sein, beschließt er, damit es nicht aussieht, als hätte er aufgegeben, also geht er, die Hände in den Taschen vergraben, mit schmerzenden und pochenden Knien dreiundzwanzig Minuten lang und macht dann kehrt. Mit dem Wind im Rücken ist es etwas leichter, oder jedenfalls etwas weniger unangenehm. Er senkt den Kopf und geht weiter. Sie wird überrascht sein, ihn so früh wiederzusehen, oder, schlimmer noch, vielleicht auch nicht, vielleicht weiß sie sehr gut, dass er nur lange genug weg ist, um sein Gesicht zu wahren, vielleicht sieht sie im Geiste jeden seiner Schritte vor sich. Er lugt unter der Kapuze hervor. In der Villa ist jetzt dieses neue Hotel. Er glaubt, es hat eine Bar, glaubt, an dem Schwarzen Brett am Anleger die Speisekarte gesehen zu haben. Nicht dass er vorm Mittagessen trinken will, aber die werden wohl Kaffee anbieten, und das ist doch nur vernünftig, oder nicht, auf dem Rückweg für ein heißes Getränk haltzumachen? Wahrscheinlich haben sie Zeitungen, und er kann dort sitzen und lesen und seinen Kaffee trinken wie der Kerl im Café, nur ohne dass ihm die Missbilligung der Frauen um die Knöchel schwappt. Es ist lange her, dass er allein in einer Bar war. Vielleicht gibt es sogar ein offenes Feuer, an einem Tag wie diesem.

Motoren über den Wolken

Es gibt Autobahnen im Himmel. Der kürzeste Weg zwischen zwei Punkten ist auf unserem kugelförmigen Planeten ein Bogen, also folgen die Transatlantikflüge sogar zwischen Istanbul oder Dubai und Quebec oder New York dem Seeweg der Wikinger: über die Ostsee, die Spitze von Schottland, die Shetland- und die Färöer Inseln, um das südliche Island und den Pfeil Grönlands herum und dann an den zackigen Rändern Kanadas entlang. Ein paar Menschen im Flugzeug ziehen gegen das Sonnenlicht die Verdunkelungsblende nach unten, machen es sich gemütlich, um auf dem Weg über den Atlantik zu dösen. Andere recken den Hals, um die Umrisse geschätzter Orte zu sehen, die sie schon mal oder noch nie besucht haben, Namen, die Gewalt, Exil und Sehnsucht aus der Vergangenheit heraufbeschwören, Schluchten und Inseln, von denen Grundherren aus dem Süden Vorfahren vertrieben und ihre Häuser hinter ihnen verbrannten. Damals blickte niemand vom Himmel, niemand nahm wahr, wie Rauch die Wolken verfärbte, wie an diesen Orten eine Stille begann, die noch immer anhält. Cairngorm, Glencoe, Loch Linnhe. Ardnamurchan, Laig, Rùm und A'Chill. South Uist.

Wenn der Wind günstig ist, werden weiterhin ein paar Menschen gucken, durch die Fenster neben sich blicken, wie andere auf die Schirme vor sich, die Karte studieren oder das Wasser unter sich. Wenn die Wolken richtig stehen, werden einige Menschen – vor allem Kinder – vom Ufer des Loch aufsehen, den Kopf in den Nacken legen, wenn die Flugzeuge ihren Himmel überqueren, und sich Abschied und Ankunft vorstellen. Sie werden den Passagieren aus der Alten Welt in die Neue folgen, sich andere Kinder vorstellen, die auf sonnenüberfluteten Straßen auf flache Horizonte zufahren, auf Prärien und weite Himmel. Heute nicht. Heute kann man Motoren über den Wolken hören, an einem blauen und sonnenhellen Ort, aber hier unten endet der Himmel an den Baumwipfeln.

Sansibar

Sie versuchen, gemeinsam zum Orgasmus zu kommen.

Wenn wir wissen, wie das geht, sagt Josh, ist es hundert Mal wahrscheinlicher oder so, dass wir uns nicht scheiden lassen. Das hab ich gelesen.

Milly hört kurz auf, es zu versuchen. Wo, sagt sie, im Internet?

Er zuckt mit den Schultern, als wäre doch offensichtlich, dass da alle alles lesen, und sie seufzt. Er liest Bücher, sonst würde sie ihn nicht heiraten, aber nicht so wie sie; er mag Kriegsgeschichte und Spionagethriller, braucht aber so lange dafür, dass es kein besonderer Thrill für ihn sein kann. Nicht dass es nicht plausibel wäre, das mit dem Sex. Sie kann sich schon vorstellen, dass man jemanden, mit dem man gleichzeitig zum Orgasmus kommt, eher nicht verlässt. Gleichzeitig zu kommen, zeugt von einer perfekten Symmetrie des Begehrens. Ein gemeinsamer Orgasmus bedeutet, dass keiner der Beteiligten den Gesichtsausdruck des anderen beurteilt und in Gedanken beispielsweise bei einem Schinkensandwich ist, um die Zeit rumzubringen. Milly weiß nicht, ob sie darauf Lust hat. Auch wenn sie heiraten, vorm Staat eins werden, bis der Tod sie scheidet, kann sie es sich doch noch selbst besorgen, oder? Sie ist schließlich noch ein eigenständiger Mensch. Sie schließt die Augen und denkt an Don Draper, eine alte Fantasie, aber eine gute. Sie war eben leicht zu beeindrucken damals, hat noch die DVD-Box, so lange ist das her, auch wenn sie es seit Ewigkeiten nicht geguckt hat, sie hat nicht mal einen DVD-Player, aber manche Figuren, manche Szenen werden einfach Teil der eigenen Welt, wenn man so jung ist. Ihr gefällt die Szene aus Staffel zwei oder drei ziemlich gut, in der er sich – na ja, seine Hand – im Hotelflur der Frau in dem aufgebauschten Kleid aufdrängt, obwohl es der Frau vielleicht gefällt, schließlich hat sie schon mit ihm geschlafen, und auch wenn sie sich bei dieser Gelegenheit nicht ausdrücklich einverstanden erklärt, widerspricht sie auch nicht, und man kann ja auch schlecht erwarten, dass Paare in den Fünfzigern in schicken Anzügen und Kleidern in Hotelfluren rumstehen und sich erst mal darüber unterhalten, ob sich alle einverstanden erklären, bevor ein verheirateter Mann den Arm um eine Frau legt, die mit einem anderen Mann verheiratet ist, sie an die Wand drückt und ihr mit der anderen Hand unter den voluminösen roten Rock fährt. War er rot? Wahrscheinlich. Und Don Draper würde wissen, was er zu tun hatte mit seiner Hand – Sanft, sagt sie zu Josh, und meint, das Ding ist aus Gründen versteckt, hör auf, daran rumzudrücken, als würdest du was am Bildschirm erschießen, und wo wir gerade dabei sind, ein Zentimeter weiter oben wäre schön. Also, schöner. Sie hat gelesen – in einem Buch, einem Buch über Sex in Langzeitbeziehungen, das sie sich kurz nach Joshs Antrag geholt hat –, dass es okay ist, als Feministin Vergewaltigungsfantasien zu haben, weil es bei Fantasien ja gerade darum geht, dass diejenige, die die Fantasie hat, die Kontrolle darüber hat, zugleich Täter und Opfer ist, und schließlich hat niemand die Fantasie, ein blaues Auge zu bekommen oder eine aufgeplatzte Lippe, es geht also nicht um Gewalt gegen Frauen, sondern vielmehr um einen Partner, der weiß, was man will, ohne dass man die Verantwortung hätte, es ihm zu sagen, außerdem begrenzt Rape Culture unsere Vorstellungskraft, was bedeutet, dass es nicht wirklich Millys Schuld ist, wenn ihre Fantasien etwas retro sind. Frauen, steht in dem Buch, müssen lernen, für ihr sexuelles Vergnügen selbst die Verantwortung zu übernehmen und ihre Bedürfnisse klar zu kommunizieren. Milly fragt sich, ob die Autorin mal darüber nachgedacht hat, inwieweit Verantwortung und Offenheit sexy sind. Oder auch nicht. Außerdem will sie, dass Josh Sachen macht, an die sie noch gar nicht gedacht hat, geht es darum nicht beim Sex mit jemand anderem, dass der sich überlegt, was als Nächstes passiert, dass man nicht Texte für Don Draper schreiben, Regie führen und auch noch selbst produzieren muss und nicht versuchen muss, nicht daran zu denken, ob noch genug Brot da ist, während man gleichzeitig versucht, gleichzeitig zum Orgasmus zu kommen? Ganz davon abgesehen würde sie wetten, dass irgendwo doch irgendjemand die Fantasie mit dem blauen Auge hat, denn wenn das Internet uns eins gelehrt hat, dann dass es – egal wie unwahrscheinlich oder dumm oder einfach nur gefährlich eine Vorstellung ist – irgendwo jemanden gibt, wahrscheinlich sogar eine ganze Gruppe von Leuten, die sich daran aufgeilt. Außerdem verdient sie mehr als er und er ist derjenige, der putzt, und sie bringt den Müll raus, also darf sie doch wohl an Don Draper und das voluminöse rote Kleid denken? Was willst du, flüstert ihr Josh ins Ohr, sag mir, was du willst.

Sie öffnet die Augen, nimmt die Schottenkarovorhänge wahr und die Kiefernwände, den Geruch nach Lufterfrischer, den sie nicht mehr ständig bemerkt. Eine Tasse Tee und ein Schinkenbrötchen wären wunderbar, denkt sie, aber sie sagt, küss mich, und greift nach hinten, um das Kopfteil hinter ihrem Kopf zu fassen, das sich als leicht klebrig erweist. Wahrscheinlich nur die Auswirkung von Feuchtigkeit auf Lack, aber das hier – nein, denk nicht dran –, das hier ist die Hütte seiner Eltern. Don Draper. Die Szene, wo er sie fesselt. Gut, es gibt keine Szene, wo er sie fesselt, könnte es aber leicht. Ein Hotelzimmer, eins dieser Seidennegligés und er noch im Anzug. Der Anzug macht vermutlich viel aus, und angesichts all der Drinks und Drogen und Steakdinner muss man schon sehr bereit sein, die eigene Ungläubigkeit zu ignorieren, wenn er sein Hemd auszieht und einen Waschbrettbauch hat. Er könnte sie mit der Krawatte fesseln. Josh küsst sie, aber er bearbeitet ihre Hüfte, was kitzelt, und ignoriert die Brüste, die sie rausdrückt. Sie sollte irgendwas bei ihm machen. Sie setzt sich auf und streichelt seinen Kopf, was bedeutet, dass sich ihre Beine öffnen und sich sein Mund an ihren Oberschenkel bewegt. Das haben sie schon mal probiert und es hat nicht funktioniert und sie möchte es wirklich nicht noch mal probieren, auch wenn man seine Bemühungen anerkennen muss. Sie drückt gegen seine Schultern, damit er wieder zum Sitzen kommt, von Angesicht zu Angesicht, dann schlingt sie die Arme um ihn, was mehr oder weniger aufrichtig ist. Sie mag es, wie sein Hals riecht. Sie mag die Muskeln an seinen Oberarmen. Sie mag seinen Hintern und seinen Schwanz und alles an ihm, Milly mag Josh gern, sie hat nur Hunger und es ist ganz schön kalt, wenn sie nicht unter der Decke sind, und sie würde töten für eine Tasse Tee.

Er beißt ihr in den Hals und sie seufzt, was er als Zeichen der Lust versteht. Es sollte Flaggen geben, die man hochhalten kann, denkt sie, wie die Signalflaggen in der Schifffahrt, die ihr Bruder noch lernen musste, auch wenn es ungefähr eine Million Hightech-Möglichkeiten geben muss, wie Schiffe kommunizieren können. Aber vielleicht auch nicht, vielleicht wird das Land heutzutage, nachdem alle Waffen verkauft werden, um ferne Kinderkrankenhäuser bombardieren zu können, wirklich von Leuten beschützt, die Flaggen schwenken und Tauben entsenden. Toby bat Milly immer, ihn abzufragen, als er auf der Offiziersschule war. *Ihnen droht Gefahr; Minensuchboot im Einsatz; Mann über Bord. Das tut eigentlich ein bisschen weh; Das ist nicht so spannend; Mach jetzt bitte weiter und komm zum Ende. Heute nicht, Josephine. Ich möchte lieber mein Buch lesen. Ich hab zu viel gegessen.* Das Buch sieht es zwar anders, aber Milly schätzt, dass es Dinge gibt, die in einer Langzeitbeziehung besser ungesagt bleiben. Er bewegt sich nach unten, auf ihre Brust zu, was schon besser ist. Sie lehnt sich zurück und macht ein ermutigendes Geräusch, und als er mit der Zunge gegen ihren Nippel schnalzt, verschließt sie die Augen vor der vertäfelten Kieferndecke und denkt an ihren vorletzten Freund, der nie irgendwas im Haushalt machte und mit mindestens zwei anderen geschlafen hat, während sie zusammen waren, der im Bett aber wusste, was er tat, nicht dass es nicht nötig gewesen wäre, wenn man bedachte, wie er sich sonst so benahm. Er war groß genug, um ihre Handgelenke über ihrem Kopf festzuhalten und gleichzeitig ihre Brüste zu küssen, ein bisschen so wie Josh jetzt, nur mehr Zunge und weniger Lippen, und dann strich er mit dem Finger sehr langsam über ihre Mitte, von ihrem Dekolleté über ihren Bauchnabel, langsamer, manchmal wechselte er die Richtung und strich wieder nach oben, während sie erstarrte, wartete, wieder zu Atem kam. Hm, was er jetzt macht, ist schön. Sie sollte aber auch was für ihn tun, er mag es nicht, wenn sie zu lange passiv bleibt, muss sich auch gewollt fühlen wie jeder andere auch, und vielleicht bekommt sie in dem Zuge auch die Decke zurück. Nicht dass es eine gute Decke wäre, Polyesterfüllung, bringt einen zum Schwitzen und riecht nach Lufterfrischer, ist aber vermutlich Weichspüler, denn Joshs Mum fällt auf alles rein, was billig riecht und mehr Plastik ins Meer befördert und mehr von dem, was man nicht will, ins Grundwasser. Nicht an Joshs Mum denken.

Sie setzt sich auf, sieht, wie sich Joshs Augen weiten, als sie ihn auf den Rücken rollt. Sie gleitet nach unten, zieht die Decke mit sich und legt sich halb auf ihn, das Knie neben seinem Oberschenkel, ihr Kopf über seiner Brust, sein Herzschlag an ihrem Ohr, ihre Hand umschließt seine Schulter. Es ist warm und er riecht gut. Ich liebe dich, sagt sie, was stimmt und auch eine Art Verhandlungsposition ist: Wenn ich dich genug liebe, müssen wir vielleicht nicht gleichzeitig zum Orgasmus kommen, oder jedenfalls nicht heute Morgen. Du bist wunderbar, sagt er, ich liebe dich auch, und er streicht ihr über den Nacken, wo ihr Haar von der neuen Frisur letzte Woche noch kurz geschoren ist, und fährt so mit der Hand über die Erhebungen ihrer Wirbelsäule, dass sie beinahe Räder auf Kopfsteinpflaster hört. Wie spät ist es, fragt sie. Egal, sagt er, wir sind im Urlaub, wir müssen nichts tun, wonach uns nicht ist. Ich hab ein bisschen Hunger, will sie gerade sagen, aber er sagt, an das hier will ich mich erinnern, wenn ich wieder im Büro bin, ich will, dass du noch mal kommst, wir haben den ganzen Tag. Sie dreht den Kopf, um seine Brust zu küssen. Es ist nicht fair, an Will the Wanker zu denken, ihr würde es auch nicht gefallen, wenn er an Shelley dächte, also versucht sie es noch mal mit Don Draper.

Oh, Josh ist schlaff geworden, wenig überraschend, so wie sie hier herumliegt. Und sie mag es nicht, wie er sich schlaff anfühlt, so wird ihr bewusst, dass da kein Knochen ist, gewissermaßen nur eine wehrlose – na ja, keine Nacktschnecke, schon netter, aber wie eine neugeborene Maus oder ein Kaninchen ohne Fell, irgendwas, das wirklich nicht allein da draußen sein sollte, wenn sie das jetzt nicht hinkriegt, macht sie Frühstück, allerdings fällt ihr auf, während sie sich – unter der Decke – an die Arbeit macht, wenn sie es hinkriegt, muss sie auch weitermachen, dann läuft wieder ihr Projekt Gemeinsamer Orgasmus. Wäre es das nicht absolut wert, sagt er, zu wissen, dass wir können, was die meisten Paare nicht können, wir könnten für den Rest unseres Lebens so ungefähr alle anderen angucken und uns was einbilden. Halt den Mund, sagt sie von da unten, wo es nach Weichspüler und Sex riecht, was manche wahrscheinlich höchst erotisch finden, wir sind hier nicht bei der Scheiß-Olympiade. Ich will zugucken, sagt er, ich will dich sehen, und wirft die Decke auf den Boden. Sie zieht den Bauch ein, aber in diesem Winkel kann man nicht viel machen, Schwerkraft ist Schwerkraft. Mann, ist das kalt für August. Irgendwann, denkt sie, jetzt sehr zügig am Werk, können wir vielleicht auf eine griechische Insel fahren. Nein, auf eine dieser tropischen Inseln, Mauritius oder so. Auf die Seychellen. Oder Sansibar, der Klang dieses Wortes hat ihr schon immer gefallen. Sansibar. Oh Gott, sagt Josh, hör auf, Babe, noch nicht, komm her, komm hoch zu mir.

Sie legt sich auf den Rücken, öffnet die Knie und verdreht den Kopf, um ihn sehen zu können, um sein Gesicht zu sehen, als er sich zwischen ihre Oberschenkel kniet. Er hält ihren Blick, als er – oh, sagt sie, ah, und sie greift nach einem Kissen – seinem Kissen, sie ist ja nicht blöd – schiebt es sich unter die Hüfte und hebt die Beine. Es ist schön, sie sieht ihm auch gern zu, konzentriert, die Augen geschlossen.

Beckenboden, denkt sie, anspannen, und seine Augen öffnen sich und er schließt sie lächelnd wieder. Okay, denkt sie, also, Sansibar, wir sind in einer Hütte mit so einem Holzventilator an der Decke und einem niedrigen Bett mit richtig frischen weißen Leinenbezügen, der Boden ist aus Teakholz und die französischen Fenster gehen auf einen weißen Strand raus mit Palmen und klarem Wasser, und er hat meine Handgelenke ans Bett gefesselt. Oh Gott, aber das ist total kolonialistisch oder nicht, sie sollte keine Orte zum Objekt machen, die auf der Landkarte rot markiert sind. Auf der Basis von Geschlecht dominiert zu werden, ist das eine, jedenfalls für Frauen, in der Privatsphäre ihres eigenen Kopfes, aber diese ganze Sache mit dem Orientalismus geht gar nicht. Nicht dass Sansibar im Orient läge, natürlich nicht, aber sie weiß, was sie meint. Aber wie soll man eine Fantasie ohne Objektifizierung haben – gut, aber es muss vielleicht keine geopolitische Dimension haben. Verleg es ans Mittelmeer. Griechenland. Sie war mal in Griechenland, vor Jahren, selbes Farbkonzept wie das imaginäre Sansibar. Olivenbäume, von der Sonne ausgeblichene Marmorruinen, ein weiß gekalktes Haus mit blauen Balkontüren, die sich zu Meer und Himmel hin öffnen, scharlachrote Geranien in Terrakottatöpfen. Falls es okay ist, eine sexuelle Fantasie über ein Land zu haben, dessen Wirtschaft zusammengebrochen ist. Mal ganz abgesehen von den Geflüchteten an den Stränden, die in furchtbaren Lagern enden werden. Wie die an der amerikanischen Grenze, für die hat sie gespendet, aber da wird nicht Geld gebraucht, sondern Stimmen, eine ganze Menge Stimmen bei der Wahl, und da kann sie wirklich nichts machen. Wie kann irgendjemand – Lass uns mal eine andere Position probieren, sagt Josh, komm an den Rand des Bettes, das ist höher als zu Hause.

Sie schlängelt sich gehorsam zur Seite. Es hat keinen Sinn, an diese Kinder zu denken, nicht gerade jetzt, Nachdenken nützt nichts, aber sie kann nicht anders, als sich vorzustellen, dass das ihre Klasse wäre, die kleinen Vorschüler letztes Jahr kamen kaum einen Schultag lang ohne ihre Mamas aus. Wie kann irgendjemand – na ja, so sind Menschen eben, wenn sie Gelegenheit haben, denk nur an den Holocaust. Also, nicht jetzt, denk nicht an den Holocaust, das ist offensichtlich nicht der richtige Moment, um an den Holocaust zu denken. Oder an sonstige Gräuel, Genozid in Europa ist nicht wichtiger als irgendwo anders. Die Mittelpassage. Die Kulturrevolution. Die Roten Khmer. Oje. Ist das gut, fragt er, und sie sagt, hmm, was wahrscheinlich stimmt oder stimmen würde, wenn sie nicht in Gedanken – Don Draper. Nein, Josh. Warum versuchen wir nicht, zur Abwechslung an Josh zu denken, wo er auch tatsächlich hier ist und so. Und wo wir schon bei Inseln sind, wie wäre es mit Barra, wo sie nach der Hochzeit leben wollen? Nehmen wir, hmm, einen Neubau im skandinavischen Stil oder alten Stein, weiß getüncht und mit gefliesten Böden? Es gibt gar nicht so wenige kleine verlassene Bauernhäuser mit eingefallenen Dächern und Gras, das durch verrostete Eisenbettgestelle wächst, sie schreien um Hilfe, und Josh sagt, die gehören alle irgendjemandem, und Leute stellen sich manchmal an beim Verkaufen, außerdem müsste sie dann wirklich Kleinbäuerin werden, was nicht ihr Ding wäre. Ein Holzofen, allerdings gibt es auf Barra nicht viele Bäume, außerdem sind diese Öfen schlecht für die Umwelt, auch wenn man meinen sollte, der Feinstaub wäre bei dem Wind dort schon halb in Grönland, ehe er in die Nähe deiner Lunge kommt. Nicht dass Grönland noch mehr Luftverschmutzung bräuchte, die Eisbären – egal, ins Hier und Jetzt. Ein bisschen im Moment sein, hmm, wie soll ein Mann dich schließlich zum Orgasmus bringen, solange du über Feinstaub und Genozid nachdenkst. Josh gefällt diese Position, weil er da einen guten Blick hat, was sie immer dazu bringt, ein bisschen zu performen, auch wenn sie so mit den Beinen in der Luft wenig Halt hat.

Nein, als sie sich verlobt haben, hat sie sich geschworen, es nie wieder zu faken. Was wäre das für eine Grundlage für ein gemeinsames Leben, bei der einen Sache zu lügen, die sie nie mit jemand anders machen wird? (Nie wieder, in ihrem ganzen Leben nicht, auch nicht, wenn sie hundert wird? Manches passiert schließlich auch einfach, ungeplant, wer weiß das schon?) Das fühlt sich gut an, es wäre nicht völlig fake, nur etwas übertrieben. Es kann doch niemand erwarten, dass man möglicherweise sechzig Jahre miteinander verbringt – sechzig Jahre! –, ohne auch nur ein bisschen zu übertreiben, ein bisschen zu flunkern. Mm, macht sie, ah, aber ihr ist wieder kalt und sie fühlt sich ein bisschen albern in dieser Haltung. Nein, halt mich fest, sagt sie, lass es uns mal so versuchen, und sie drehen sich wieder um. Sie berührt sein Gesicht, den Bogen seiner Augenbrauen und die Ebene seiner Wange. Seine Lippen küssen im Vorbeistreichen ihre Finger.

Gut, also. Okay. Da ist ein großer, schlanker Mann im gut geschnittenen schwarzen Anzug. Leinen, denn es ist Sommer in – in Italien. Bisschen faschistisch, Italien. Ach, Schnauze. Weißes Hemd mit Manschetten und gebräunte Handgelenke, und sie sieht seine Hände am Lenkrad, während er mit seinem schicken Wagen den Schleifen der Bergstraße hoch zu seinem Haus folgt, er fährt schnell und er hat die Türen verschlossen, sodass sie nicht mal aussteigen könnte, wenn sie es wollte, und er erzählt ihr genau, was er mit ihr machen wird, wenn sie da sind, wie sie die Villa betreten und die geschwungene Treppe zu seinem Schlafzimmer hinaufgehen, von dessen Balkon aus man über den terrassierten Hügel und auf die Terrakottadächer des Dorfes blickt, und sie wird alles ausziehen, bis auf ihre Unterwäsche und – beinahe, jetzt darf sie es nur nicht zu sehr darauf anlegen – er erwartet, sie auf der seidenen Bettwäsche vorzufinden, weiße Seide – oh, hört sie sich selbst sagen, ja. Mehr. Ja. Oh, oh, ja. Und Josh, ah, macht er, ah ja, ja.

Ha, sagt er, wir haben es geschafft, oder? Mmhm, sagt sie, noch das Nachbeben auskostend. Sie legt sich etwas anders hin. Es zählt wahrscheinlich nicht wirklich als an einen anderen Mann denken, wenn er kein Gesicht hat, man erst bei der Einrichtung seines Schlafzimmers angekommen ist und er noch nicht mal seine Klamotten ausgezogen hat. Eigentlich war es nur ein Anzug, ein Auto und vielleicht ein bisschen Architektur, und das Auto bestand eigentlich auch nur aus einem Lenkrad und dem Schaltknüppel, sie könnte nicht mal die Marke nennen oder so. Ich wusste, dass wir das hinkriegen, sagt Josh, wir müssen aber weiter üben. Mm, macht sie, wir haben ja genug Zeit. Sie küsst seine Schulter und liegt einen Moment nur da, spürt es sirren und sich zusammenziehen. Also, willst du ein Schinkenbrötchen, fragt sie. Gleich, sagt er, aber sie zieht Taschentücher aus der Box und steht auf. Er sieht ihr zu, die Hände hinter dem Kopf. Du bist wunderbar, sagt er, während sie den Bauch einzieht.

Regen prasselt auf das gemusterte Badezimmerfenster, und es ist kühl hier drin. Sie pinkelt, wäscht sich Hände und Gesicht, zieht ihren Schlafanzug wieder an. Duschen wird sie, wenn sie was gegessen hat. Sie bekommt kalte Füße. Das große Zimmer ist auch nicht viel wärmer, und sie sieht den

Regen vom Dach auf den Holzboden der Terrasse tropfen, Pfützen in den Kies bohren, von den Blättern der großen Eiche abprallen. Hinter den Bäumen liegt platt und stumpf das Wasser. Sie werden bald irgendwas machen müssen, irgendwo hinfahren, irgendwas angucken. Und wenn sie nur noch mal in die Stadt zum Supermarkt fahren, sie will weg von diesen zusammengedrängten Hütten, von den Augen hinter jedem Fenster und diesem Anblick des von nassen Blättern umrahmten Sees, sie hat schon angefangen, nach dem Touristendampfer Ausschau zu halten, der dreimal am Tag vorbeifährt. Sie füllt den Wasserkocher und stellt ihn an, den weißen Plastikwasserkocher von Joshs Mum. Sie wird einen schönen aus Chrom auf die Hochzeitsliste setzen und einen Toaster, mit dem man Bagels toasten kann, ohne dass sie sie flachdrücken muss. Wenn sie auf die Insel ziehen, sollten sie darauf achten, Sachen zu haben, die lange halten, weil man nicht so wie zu Hause mal eben rausgehen und einen kaputten Wasserkocher ersetzen kann. Für die Umwelt ist es so auch besser, die Leute lernen, Sachen auszubessern und damit klarzukommen, aber ehrlich gesagt könnte es sein, dass sie dafür eine Weile braucht und besser, man startet mit Sachen, die nicht so schnell kaputtgehen. Ein richtig guter Staubsauger, denkt sie, und dann sparen wir für eine ordentliche deutsche Waschmaschine, die man vermutlich schlecht auf eine Hochzeitsliste setzen kann. Es sind vier weiße Brötchen übrig, ein paar Tage über dem Ablaufdatum, aber mit Speck und Soße ist das egal, und es ist ein Grund, noch mal zum Co-op zu fahren. Mann, ist das eisig hier drin, wie der Wasserkocher dampft, sie muss Josh dazu bringen, die Heizung anzustellen. Macht es nur, wenn es nicht anders geht, hat seine Mum gesagt, und nur abends, die Hütte ist nicht gut isoliert, das kostet gleich eine ganze Stange Geld, wenn man nicht aufpasst. Es können kaum mehr als fünfzehn Grad sein hier drin. Sie zieht ihren breiten Wollschal aus dem Ärmel ihrer Jacke, die neben der Tür hängt, noch feucht von gestern, wickelt ihn sich um und steckt ihn fest, damit die Enden nicht im Speck hängen, stellt die abblätternde Antihaft-Pfanne auf die elektrische Herdplatte, in der vagen Absicht, die Brötchen zu toasten, aber eigentlich geht es ihr um die Wärme.

Draußen geschieht nichts. Regen, der See, die Bäume, noch mehr Regen. Demonstrativer Regen. Es pisst. Man sollte meinen, so kann es nicht lange bleiben, das Wasser geht aus. Sie hält ihre Hand über die Pfanne, aber sie ist noch kaum warm, diese alten elektrischen Herdplatten brauchen ewig. Draußen Stimmen, Autotüren; sie beugt sich über die Spüle, um zu beobachten, wie die Familie aus der Hütte hinter ihnen loszieht oder es jedenfalls versucht; der Vater sitzt im Auto und betrachtet den Regen, während die Mutter versucht, einen der kleinen Jungs dazu zu bringen, seine Jacke anzuziehen, und der andere aus der Tür lugt. Justine, so heißt sie. Ihr Dialekt klingt nach Norden, irgendwo aus der Nähe von Manchester, sie hat gesagt, sie wären zum ersten Mal hier und wahrscheinlich auch zum letzten, so viel, wie das koste, das sei es einfach nicht wert, und Milly sagte nicht, dass Joshs Eltern sie umsonst hier wohnen ließen. Das Kind in der Jacke hüpft jetzt Stufe für Stufe zur Eingangstür hoch, und Justine ist noch mal reingegangen, vermutlich, um das andere zu suchen, während sich ihr Mann nicht rührt. Offenbar haben sie was vor, was die kleinen Jungs nicht so toll finden, obwohl es drüben in der Nähe von Stirling Indoor-Abenteuerspielplätze gibt, sie hat die Flyer gesehen, wahrscheinlich voll mit hektischen Kindern und Eltern, die wünschten, sie hätten das Geld gespart und wären zu Hause geblieben, aber für die Jungs immer noch besser, als in der Hütte festzusitzen. Da ist Justine, die den Großen am Arm zieht, und das hüpfende Kind nutzt die Chance und flitzt wieder nach drinnen.

Milly schüttelt den Kopf, hängt ein paar Teebeutel aus der karierten Teedose in die Kanne, gießt Wasser drüber und sieht zu, wie sich der Dampf ausbreitet und aufsteigt. Die Pfanne wird langsam warm, noch ein, zwei Minuten. Das alte Paar von nebenan hat was gefunden, wo es hinkann, das Auto ist weg. Es sei denn, irgendjemand hat das glänzende Boomer-Mobil in der Nacht geklaut. Mit ihm hat sie am Tag, als sie ankamen, kurz geplaudert, als er den Müll rausbrachte und sie und Josh das Auto ausräumten. Natürlich kannte er Joshs Eltern und die Leute, denen sie die Hütte abgekauft haben, als Josh noch ein Kind war. Arzt, endgehaltsabhängige Pension, das ganze Pipapo, wahrscheinlich hat er in den Siebzigern in Bearsden für ein paar Pence irgendeinen märchenhaften viktorianischen Steinhaufen gekauft, wahrscheinlich haben sie auch noch ein Gîte in der Provence oder der Toskana oder wo auch immer, obwohl – in dem Fall wären sie jetzt wohl kaum hier. Barra wird, wie sich zeigt, auch keine Zuflucht vor alldem bieten, massenweise Zweitwohnsitze und Engländer der oberen Mittelklasse eines bestimmten Alters, die auf ihre seltsam puritanische Art ihre eigenen Kaftane weben und Algen sammeln, die sie dann in ihre gigantischen SUVs packen, aber Josh sagt, ab September wär von denen kaum noch einer da. Ein paar Winter müssen wir überstehen, und dann passt alles. Eine gute Übung also, dieser Urlaub, aber auf der Insel wird es was zu tun geben, Arbeit, Gemeinschaftsveranstaltungen. Sich beteiligen, darum geht es, ein Kollektiv, eine Art zu leben, die anerkennt, dass Menschen aufeinander und auf das Land angewiesen sind. Sie hofft nur, das wird es wert sein, dafür ihre Freunde und Freundinnen zu verlassen. Die werden sie doch besuchen, oder? Justine kommt wieder raus, mit dem zweiten Kind – zu sagen, sie *zerrt* an ihm, wäre nicht ganz fair, aber man kann sehen, dass sie die Geduld verliert –, und der Vater hat schon den Motor an und lässt die Räder fast durchdrehen, bevor noch die Türen zu sind. Kann es offenbar kaum erwarten, hier wegzukommen. So viel dazu, denkt sie, das war das morgendliche Drama. Josh ist wahrscheinlich wieder eingeschlafen, was bedeutet, dass sie, wenn sie will, drei Brötchen essen kann, und wenn sie ihm das letzte auf einem Tablett bringt, zusammen mit einer Schale Müsli und einer großen Tasse Tee – er mag Müsli gern, und sie muss ja nicht sagen, wie viele Brötchen noch da waren. Das wäre eine ziemlich liebevolle Art zu faken.

Immer Wölfe

Oberhalb des Ufers tritt sie aus den Bäumen hervor, nervös, mit aufgestellten Ohren, ihr Kitz ein paar Schritte hinter ihr. Die Bäume hinter ihnen erzittern im Wind, streifen den Regen ab. In ihrer Vorstellung sind da immer Wölfe, Tag und Nacht, ein Rudel, das am Rand von Duft und Klang entlangschleicht. Sie kriechen näher, wenn sie schläft, wenn sie und das Kitz die Köpfe senken, um zu trinken, wenn die Bäume sich aneinanderdrängen, um Verstecke zu bilden. Die Wölfe in ihrer Vorstellung sind an Land flink, im Wasser schnell wie Hechte, hungrig. Sie können ihr Kitz in ihrer Höhle im Hügel riechen, im tiefsten Wald, und sie kommen, immer kommen sie.

Sie knabbert ein paar Blätter, um dem Kitz zu zeigen, was zu tun ist. Beide blicken zurück, in den Wald.

Ein fallender Stein

Es klart auf, sagt Mum, es regnet fast gar nicht mehr, macht das Beste draus und zieht eure Stiefel an, ihr braucht Vitamin D. Ich hab gelesen, die meisten Kinder in diesem Land haben ein Defizit, was alle möglichen Risiken mit sich bringt, man braucht mindestens eine halbe Stunde Sonnenlicht pro Tag. Aber ich bin beschäftigt, sagt Lola, die Sonne scheint gar nicht und der Regen hat sich doch überhaupt nicht verändert. Sie malt etwas aus. Vor fünf Minuten warst du noch nicht beschäftigt, sagt Mum, außerdem hast du später noch jede Menge Zeit, beschäftigt zu sein. Du willst doch keine Rachitis bekommen, oder? Oder MS, wie Judith aus unserer Straße? Los, Jack, das gilt auch für dich, gestern wolltest du gar nicht weg vom Strand, jetzt kannst du wieder hin. Gestern hat es nicht so doll geregnet, sagt Jack. Im Moment regnet es nicht, sagt Mum, oder so gut wie nicht. Los, Stiefel und Jacken an, ihr beide, ihr könnt nicht den ganzen Tag in diesem Zimmer rumhängen, ihr werdet ja verrückt, wir werden alle verrückt. Lola blickt auf, aber Jack rührt sich nicht, liegt mit geschlossenen Augen auf dem Sofa und versucht mit ausgestreckten Armen, die Spitzen seiner Zeigefinger zueinander zu führen. Mum hat wieder angefangen, auf und ab zu gehen, von der Terrassentür zur Küchentür und zurück, wickelt sich die Haare fest um die Finger und lässt sie wieder los, was bedeutet, dass sie irgendwann heute Nachmittag wahrscheinlich anfängt zu weinen, sich fürs Weinen entschuldigt und dann weiter weint. Lola wird nicht verrückt. Lola ist ein helles Köpfchen, sagt Dad, es braucht schon einiges, um sie aus dem Konzept zu bringen. Sie erlaubt sich das Lila, ihre zweitliebste Farbe, für die Hose des Mädchens. Los, sagt Mum, ich meine es ernst, Stiefel an, ihr braucht Tageslicht, sonst werdet ihr krank, von MS erholt man sich nämlich nicht wieder. Jacks Fingerspitzen verpassen einander und er breitet von Neuem die Arme aus. Lola malt den Umriss der Hose nach. Warum muss Dad nicht rausgehen, fragt Jack. Dad arbeitet, sagt Mum, schon vergessen? Und gewissermaßen ist er ja rausgegangen.

Dad ist mit seinem Laptop in den Pub, wegen dem WLAN. Er könne ja genauso gut was abarbeiten, ist ja nicht so, als gäbe es nichts zu tun, nur weil der Chef im Urlaub ist, am Ende verlieren wir noch eine weitere Woche, wenn ich die Dinge nicht im Auge behalte, Angebote eintrage und so. Mum hat letztes Jahr aufgehört zu arbeiten, deshalb sagt Dad, sie darf über seinen Job nichts sagen. Seine eigene Firma zu haben, ist nicht leicht; wenn der Cashflow in den Keller geht, kann man schlecht jemand anderem die Schuld geben.

Los, sagt Mum, Stiefel und Jacken an, ihr beiden, und Lola seufzt wie Mrs Singh in der Schule und steckt die Kappe auf ihren lila Stift. Aber versprich mir, dass du nicht zum großen Seil gehst, sagt Mum, das gefällt mir nicht, und in die Nähe des Wassers geht ihr auch nicht, ja? Ich dachte, wir sollen an den Strand gehen, sagt Lola, du weißt schon, dass der Strand in der Nähe des Wassers ist, oder, aber Jack schüttelt den Kopf. Lola, sagt er, hör auf, bitte. Geht einfach nicht ans Wasser, sagt Mum, und bleib vom Seil weg, und passt mit den Steinen auf, die sind glitschig. Ja, Mum, sagt Jack. Mum geht nicht oft genug raus, um zu wissen, dass die Steine nicht glitschig sein werden, die Art Steine sind das nicht, aber die Holzstufen werden glitschig sein. Und Lola, sagt Mum, wenn du dieses Engegefühl in der Brust hast, kommst du direkt wieder her, okay? Man ahnt schon, dass sie als Nächstes sagt, komm wieder rein, ich will eigentlich nicht, dass ihr bei dem Wetter draußen seid, du fängst bei dem Regen an zu keuchen und ich will nicht, dass du einen Asthmaanfall bekommst und wir sind so weitab vom Schuss, aber wenn sie so drüber nachdenkt, will Lola wirklich raus, also steckt sie die Füße in die Stiefel und springt die Stufen runter, tut, als würde sie nicht hören, wie Mum es sich anders überlegt.

Es regnet. Heftig. Man hört es trommeln. Lola spürt, wie sich ihre Brust verkrampft, als sie die Kälte einatmet, den Duft nach Bäumen und Erde und Regen. Sie tastet in ihrer Tasche nach dem Inhalator. Zuerst denkt sie, da wären zwei, aber dann fällt ihr wieder ein, dass das eine ein Feuerzeug ist, das sie in Mums Handtasche gefunden hat, im Futter, wo Mum die Zigaretten aufbewahrt, von denen sie nichts wissen sollen. Lola mag Feuerzeuge, mag, dass man nur mit dem Daumen schnippen muss und dann ist da eine richtige lebendige Flamme in der Hand und man denkt, sie verbrennt, aber das passiert nicht. Da ist ein kleines Keuchen, wenn sie ausatmet, aber wenn sie läuft, wird das Atmen oft leichter, also geht sie schnell den Weg zum Ufer runter, hüpft über die Felsbrocken im Gras und springt an der Kante ab, um das kleine Seil zu fassen zu bekommen. Das Seil ist schon immer hier, seit sie zum ersten Mal hergekommen sind, als Jack noch ein Baby war, und jedes Jahr testet Dad es, bevor sie allein hier runterkommen dürfen. Am Ende vom Schwung juchzt sie, als trüge das Seil sie viel weiter, als fiele sie viel tiefer, und landet in sich zusammensackend auf den Steinen. Jack sieht vom Gras aus zu. Lola steht wieder auf, als täte es nicht weh. Das kann ich auch, sagt er. Na dann los, sagt sie, aber stattdessen hält er sich am Seil fest und schlittert mit den Füßen runter zum Ufer.

Lola stellt sich mit ihren Gummistiefeln ins Wasser. Ihr gefällt das, wie die Füße den ganzen Loch um sich herum spüren, aber nicht nass werden. Sie sieht zu, wie die Wellen um ihre Knöchel schwappen, und hebt langsam den Blick, zieht eine Linie über die Wellen – wie Schokolade auf einem Keks – zwischen den Inseln auf der anderen Seite hindurch, da, wo die Straße verläuft, auf der Menschen irgendwohin fahren, und dann über die untere Hälfte der Berge, bevor die Wolken sie abschneiden. Lola und Jack waren seit Tagen nirgends, seit Anfang der Woche nicht mehr. Wir machen später noch Ausflüge, sagt Mum, wir wollen doch nicht den ganzen Weg wieder zurückfahren, wenn es nicht nötig ist, und zu essen haben wir reichlich. Mum mag die einspurigen Straßen nicht, versteht nicht, woher Dad weiß, dass aus der anderen Richtung nichts kommt, wo man doch nicht um die Kurve gucken kann. Lola balanciert auf einem Fuß und patscht mit dem anderen ins Wasser, beobachtet die Form der Tröpfchen in der Luft. Jack hat einen Stock gefunden, zielt auf die Bäume und taumelt vom Rückstoß.

Nasse Füße. Also, nicht richtig nass. Sie beobachtet, wie die Tropfen auf ihren dicken Strümpfen Perlen bilden, ehe sie einziehen und das Blau verdunkeln, und dann bückt sie sich, um mit den Händen im Wasser zu planschen. Ihr gefällt, dass es aussieht, als würden die Finger sich an der Wasseroberfläche in einem lustigen Winkel krümmen. Im Sommer – also, es ist ja Sommer, an sonnigen Tagen, meint sie – sind da manchmal kleine braune Fische, und wenn man lange genug stillhält, kommen sie und knabbern an den Füßen und Fingern, mit Mündern, so klein, dass man gar nicht sicher ist, ob man es wirklich spürt. Man muss die Augen schließen, um herauszufinden, ob man sie bemerken würde, wenn man sie nicht sehen könnte, und dann ist es immer noch schwer zu sagen. Lola experimentiert gern mit den fünf Sinnen und damit, was die Leute glauben, was da ist, und was man ihnen einreden kann, was da sein könnte. Sich eine Berührung vorzustellen, ist einfach, Menschen spüren immer etwas Druck von irgendwas, das nicht da ist, und man braucht Insekten, Fliegen oder Mücken nur zu erwähnen, um einen Stich heraufzubeschwören. Sehen ist ziemlich zuverlässig, im Dunkeln kann man Leute aber manchmal dazu bringen, Dinge zu sehen, die nicht existieren. Oder im Wald, besonders in der Nähe der Stelle, wo Menschen begraben wurden, wie Dad sagt. Was war das, sagt sie, da drüben, da hat sich was bewegt, hast du das nicht gesehen? Wenn Dad Gute Nacht gesagt und die Tür zugemacht hat, kann sie Jack Sachen hören lassen, die nicht da sind, sie braucht nur davon zu sprechen. Da ist so ein kratziges Geräusch, sagt sie, wie Krallen, und erst sagt er, er kann nichts hören, aber nach einer Weile kann sie Werwölfe und Zombies ans Fenster rufen oder sogar unters Bett. Sein Bett. Sie steht auf. Ihre Jacke hing vorne im Wasser, das spürt sie durch die Leggings. Geruch ist relativ leicht. Pupse oder sogar Gas; sie hat Mum mal dazu gebracht, das Gaswerk anzurufen, weil sie so lange versicherte, sie würde was riechen, bis alle anderen es auch rochen und Mum rumlief und alles ausstöpselte, weil sie dachte, der Toaster oder irgendwas könnte ja von selbst angehen und ein Feuer auslösen. Das war ziemlich witzig.

Jack ist immer noch damit beschäftigt, den Wald zu bekämpfen, er würdigt den Loch keines Blickes. Sie patscht zurück ans Ufer. Dad kann Steine weit übers Wasser springen lassen, manchmal zwanzig Mal, er hat es ihr auch beigebracht, aber so gut wie er ist sie nicht. Sie hebt einen auf und wirft ihn, so weit sie kann, aber nach einem vielversprechenden Flug fällt er runter und landet da, wo sie eben noch stand. Sie würde gern mal zusehen, wie ein Stein durchs Wasser fällt. Taumelt und gleitet er wie Papier in der Luft? Eines Tages wird sie tauchen gehen, mit dem Blick der Robben auf sich wiegende Pflanzen und schlafende Fische gucken. Sie hat Menschen von Booten springen sehen mit Helmen und Ganzkörperanzügen wie Astronauten. Ob es regnet, ist beim Tauchen egal. Sie wirft noch einen Stein, einen spitzeren, der etwas weiter fliegt. Sie geht jetzt noch nicht wieder zurück, Mum macht sich wahrscheinlich Sorgen, aber dann hätte sie sie eben nicht rausschicken sollen, und wenn sie wieder reinkommen sollen, braucht sie sie ja nur holen zu kommen wie jeder normale Mensch. Allerdings sind inzwischen Lolas Beine ganz nass von ihrer Jacke. Sie fröstelt, läuft in ihren Gummistiefeln ungelenk über die Steine, zu dem langen Schwingseil, das Mama nicht mag. Jack hat davor auch Angst. Man muss sich weit übers Wasser lehnen, um es zurückzuziehen, und dann von einem Felsen abspringen. Man fliegt weit über den Loch, und wenn man es nach zwei, drei Schwüngen nicht in Bewegung hält, baumelt man über dem See und es gibt keinen Halt, um sich wieder abzustoßen, aber Lola kann springen und hat keine Angst davor, auf dem Felsen aufzukommen und vor dem Wasser eigentlich auch nicht: Wenn sie reinfällt, müssen sie eben wieder zur Hütte und sich umziehen, was nicht das erste Mal wäre und auch wieder passieren wird, Mum wird sich über all das aufregen, was ihrer Meinung nach hätte passieren können, und Dad findet es komisch. Lola hat Mumm, sagt Dad, die ärgert keiner, siehst du, Jack?

Lola steigt auf den Felsen, hakt den Sitz mit einem Stock fest, ergreift das Seil, als es ihr gerade entwischen will, und hebt ab; sie landet mit dem Hintern sauber auf dem Ast, von dem andere Hintern über Jahre die Rinde abgetragen haben. Sie kreuzt die Knöchel und lehnt sich zurück, lässt das Haar dicht über die Wellen fallen. Sie fliegt im Regen über das dunkle Wasser, ausgebreitet in der Luft, Füße und Bauch und Kopf zur selben Zeit an verschiedenen Orten. Sie könnte so weitermachen, könnte ihrer Flugbahn weit übers Wasser folgen, ehe sie ins Strudeln geriete und sich beim Eintauchen ins Wasser gleiten ließe – Ohren und Haare glatt nach hinten, Ellbogen angelegt, die Beine verschmelzen –, zur Robbe würde, und sie würde durch den Loch schießen, würde auftauchen und die Autos und Laster betrachten, die gen Norden stürmen, wieder eintauchen und sich zur Insel treiben lassen. Die Robben im Zoo haben ein Becken mit Glaswänden, sie hat sie beim Schwimmen beobachtet, als würden sie unter Wasser fliegen, mit dem Strom gleiten wie eine sich im Wind wiegende und drehende Möwe. Manchmal will sie gar nicht so gerne ein Mädchen sein, an Land festsitzen. Wieder über festem Boden, verlagert Lola ihr Gewicht auf die Hände, spreizt die Beine, um den Ast freizugeben, lässt sich im genau richtigen Augenblick fallen und landet wie eine Turnerin nach einem Rückwärtssalto auf den Füßen.

Am Ufer steht ein Mädchen und sieht ihr zu.

Sie ist ungefähr in Lolas Alter. Sie hat nicht die richtige Kleidung an. Es gibt kein schlechtes Wetter, sagt Dad, nur schlechte Ausrüstung, obwohl Tante Sue mal gesagt hat, Dads bevorzugte Ausrüstung scheine aus einem Pub und einem Pint zu bestehen. Das Mädchen trägt Lackschuhe mit Riemchen und Schnallen und rosa Blümchen, eine weiße Strumpfhose und einen Jeansrock – Jeans ist furchtbar im Regen, saugt Wasser auf wie nichts Gutes, wer in den Bergen nichts verloren hat, sieht man daran, wer Jeans trägt, und ihre Jacke ist so eine, die von Wasser dunkler wird. Kann ich auch mal versuchen, fragt das Mädchen, und Lola zuckt mit den Schultern. Ist ein freies Land, würde Dad sagen. Wir wechseln uns ab, sagt Lola, ich bin noch nicht fertig. Und mein Bruder will vielleicht auch. Ich hab ihn gesehen, sagt das Mädchen, in den Bäumen. Sie kommt runter zum Felsen und merkt, dass sie nicht an das Seil rankommt. Er hat getan, als würde er auf mich schießen, sagt sie. Lola zuckt erneut mit den Schultern.

Das Mädchen schaut sich um, greift nach dem Ast und zieht die Schaukel damit zu sich. Sie springt ganz gekonnt auf, besser als Jack, aber sie bleibt im Losfliegen aufrecht und klammert sich ans Seil. Eine Hexe auf dem Besenstiel, denkt Lola. Das Mädchen hat schwarze Haare und dunkle Augen. Sie zieht die Füße an, macht sich so klein es geht. Sie fliegt nicht gern. Würde man Mum je auf ein Schwingseil bekommen, würde sie sich vermutlich genauso verhalten. Das Mädchen schwingt zusammengekauert über den Strand und wieder zurück übers Wasser. Und wieder her. Lola merkt, wie sich ihr Gesicht zu einem Grinsen verzieht, weil sie genau weiß, was passieren wird. Diesmal berührt die Schaukel die Wasseroberfläche, aber nur gerade so. Wieder zurück, noch immer ein Pendel, das jetzt aber nur über den Loch schwingt. Lola tritt auf einen flachen Felsen, um besser sehen zu können, und verschränkt die Arme.

Man kann zusehen, wie dem Mädchen klar wird, was passiert ist. Sie zieht die Schultern hoch. Sie wird tatsächlich noch kleiner. Lola meint, sie hätte nicht mal besonders helle sein müssen, um zu wissen, dass eine Schaukel, die über dem Wasser hängt, bevor man drauf steigt, auch über dem Wasser hängen wird, wenn sie zum Stillstand kommt. Ich komm nicht runter, ruft sie. Lola nickt, obwohl das Mädchen, das sich an seinem Seil dreht, sie nicht sehen kann. Ich komm nicht runter, ruft sie noch einmal.

Lola blickt sich um. Jack steht zwischen den Bäumen und sieht zu, seine Waffe jetzt quer vor der Brust, so wie die Polizisten, die sie manchmal in Innenstädten oder Bahnhöfen sehen, ihre Maschinengewehre tragen.

Könnt ihr mir helfen, ruft das Mädchen.

Lola kann, natürlich. Ein Leichtes.

Wird sie diesmal aber wohl nicht, denkt sie.

Wie heißt du, fragt Lola. Das Mädchen dreht sich um sich selbst, versucht, Lola anzusehen, aber sie findet in der Luft keinen Halt. Violetta, sagt sie. Ich bin Violetta.

Violetta, sagt Lola. Violetta wie? Das Mädchen gibt irgendwelche Silben von sich. Scheiß-chenko, sagt Lola, Violetta Scheiß-chenko? Shevchenko, sagt das Mädchen, Shevchenko.

Sie dreht sich jetzt in die andere Richtung, ganz schlaff, die Füße dicht über dem Wasser. Ihre Kapuze ist ihr vom Kopf gerutscht, und die schwarzen Haare hängen ihr im Gesicht und tropfen an den Spitzen. Der Jeansrock, der bis zu den Oberschenkeln hochgerutscht ist, ist vorne nass vom Regen.

Kannst du bitte an der Schaukel ziehen, sagt sie. Vielleicht, sagt Lola, gleich. Woher kommst du? Aus Glasgow, sagt das Mädchen, du nicht?

Lola sieht Jack an, legt den Kopf schief, und ausnahmsweise kapiert er und hebt sein Gewehr, nimmt sie ins Visier. Geht dich überhaupt nichts an, wo ich herkomme, sagt Lola, ich stell hier die Fragen. Also, wo kommst du wirklich her, Violetta Scheiß-chenko? Irgendwoher, wo die Leute die ganze Nacht kreischen und schreien wie die Paviane und alle mit ihrer sogenannten Musik wach halten? Irgendwoher, wo die Leute nicht wissen, wie man sich benimmt? Ich wette, du warst vorher noch nie irgendwo im Urlaub, oder? Wir können euch hören, weißt du. Mein Dad kann euch hören. Er hat davon geredet. Er hat überlegt – Lola seufzt –, er hat sogar überlegt, die Polizei zu rufen. Schließlich ist das nicht fair, oder, lauter schreckliche Paviane, die die Kinder und die alten Leute die ganze Nacht wach halten und allen den Urlaub ruinieren.

Lola springt vom Felsen und dreht eine kleine Runde über den Strand, bis sie am Ufer in Violettas Nähe kommt. Also, woher kommst du wirklich, fragt sie ruhig.

Aus Glasgow, sagt Violetta. Govanhill. Man kann sehen, dass sie jeden Moment anfängt zu weinen. Sie versucht nicht mal, sich zusammenzureißen. Mir reicht es langsam, sagt Lola, ich hab dich gefragt, woher du wirklich kommst. Ihr solltet eigentlich inzwischen weg sein, weißt du, Leute wie ihr, habt ihr das nicht mitgekriegt?

Lola hebt einen Stein auf. Das Wasser ist ganz schön tief

73

da, wo du bist, Violetta Scheiß-chenko, sagt sie, ganz zu schweigen von den Hechten.

An diesem Strand sind Hunderte Steine, genau in der richtigen Größe, und springen müssen sie gar nicht.

Langsam ertrinken

Der Himmel hat ein gelbliches Grau angenommen, die Farbe von Verbänden oder von Hornhaut an alten weißen Füßen. In den Pfützen brodelt Regen. Die Bäume tropfen. Das Gras ist bedeckt, ertrinkt langsam in Wasserpfützen, denn nicht mal hier, wo die Grundwasserleiter ständig in Betrieb sind und der Regen die Landschaft in seinem Sinne geformt hat, kann die Erde so viel Wasser an einem Tag aufnehmen.

Unter den Büschen, in den Hohlräumen hoher Bäume sind Vögel gestrandet, ermattet wartend. Kleine Wesen stecken die Nase aus ihrem Bau und bleiben hungrig.

Bis zum Morgen wird es Tote geben.

Das Kühne an diesem kleinen Boot

Dad hat sich Suppe in den Bart gekleckert, und als Becky ihn drauf hinweist, sagt er, er würde es sich als kleinen Imbiss für später aufheben. Alex denkt, er muss gleich kotzen, wirklich auf den Tisch brechen. Die Suppe blubbert und brodelt in seinem Magen. Was ist denn mit dir, sagt Mum, lach doch mal, es kann ja nicht mehr lange regnen. Alex wendet sich ab. Als er im Mai gesagt hat, er würde dieses Jahr lieber zu Hause bleiben, hat Mum gesagt, wir lassen dich gern mal einen Tag allein, aber zwei Wochen sind zu lang, ganz abgesehen davon, dass ich sehr gut weiß, was ihr in einem leeren Haus machen würdet, du und deine Freunde, und auch abgesehen davon, dass das unser Familienurlaub ist und wir dich natürlich dabeihaben wollen. Nein, du kommst mit. Wenn du was anderes machen willst, hättest du vor Wochen einen ordentlichen Plan machen müssen. Vor Wochen hat er für seine Prüfungen gelernt, und mit »ordentlichem Plan« meint Mum, wie sich herausstellt, »zurück in die Neunziger, als es noch Jobs für ungelernte Sechzehnjährige gab«.

Nichts, sagt er. Ich fahr mit dem Kajak raus. Mum betrachtet den Regen, der am Fenster runterläuft. Aber du wirst klitschnass, sagt Becky. Eilmeldung, sagt er, Kajaker ist in Schottland nass geworden. Es heißt Wassersport, aus Gründen, Dummi. Nenn deine Schwester nicht Dummi, sagt

Dad. Wohin denn raus? Alex zuckt mit den Schultern. Um die Insel, sagt er, nicht zu weit, ich kann nicht den ganzen Tag hier festsitzen. Du sitzt nicht fest, sagt Dad, geh, wann immer du willst, es hält dich niemand auf. Gut, okay, sagt Alex, sage ich ja, ich fahre mit dem Kajak raus. Und nein, ihr haltet mich nicht auf, sagt er nicht, und mir ist danach, weshalb ich jetzt auch gehe, seht ihr? Er steht auf und trägt seine Schale zur Spüle, bevor ihn jemand dazu auffordern kann. Was ist mit Abräumen, sagt Becky, warum kann er einfach gehen und mir sagst du gleich, ich soll abwaschen, oder? Mum seufzt. Es sind nur vier Schalen und eine Pfanne, sagt sie, ich mache es lieber selbst, als mich darum zu streiten. Okay, sagt Becky, gut, tu das, mir macht es nichts, ich sehe nur nicht ein, dass Alex auf dem Loch ist, während ich Pfannen schrubbe, das ist echt sexistisch. Ich hab doch gesagt, ich mach es, sagt Mum.

Auf dem Weg ins Bad, wo sein Wetsuit hängt, denkt Alex, wenn Becky wirklich an sozialer Gerechtigkeit interessiert wäre und nicht daran, um die Hausarbeit drum rumzukommen, würde sie merken, dass sie das Patriarchat nicht bescheißt, indem sie Mum abwaschen lässt. Außerdem ist Dad hier der Patriarch. Oder wäre es gern. Alex schließt die Badezimmertür ab und spürt, wie bei dem Geräusch, das einen Moment Privatsphäre verspricht, eine Last von seinem Kopf genommen wird. Es war ja alles schön und gut, solange sie klein waren, aber inzwischen ist es unangebracht, dass Becky und er sich ein Zimmer teilen müssen, egal wie wenig Schlafzimmer die Hütte hat. Mum und Dad könnten doch auf dem Schlafsofa schlafen. Und sich im Bad umziehen. Er zieht in Erwägung, sich kurz einen runterzuholen, wo er schon Gelegenheit dazu hat, beschließt aber, lieber rauszugehen. Weg von hier.

Der Regen ist ziemlich schlimm, aber nicht so schlimm wie in der Hütte bleiben. Er zieht das rote Kajak unter der Terrasse hervor, und Dad öffnet die Fenstertür, um ihm zu sagen, dass er vorsichtig sein, es nicht über den Kies ziehen und die Schwimmweste anziehen soll. Als hätte er die Absicht, das Kajak zu ruinieren und zu ertrinken, wobei das angesichts der Alternative durchaus seinen Reiz hätte. Wie viele Tage noch, bis sie nach Hause fahren können? Nein, besser nicht dran denken. Als er das Kajak anhebt, bemerkt er hinter der Terrassentür der Nachbarhütte eine Bewegung, das kleine Mädchen und ihr noch kleinerer Bruder beobachten ihn mit an die Scheibe gepressten Händen, und jetzt winken sie, als wäre er ein Zug und sie Menschen auf einer Brücke. Eine Weile kommt er sich blöd vor, dann blickt er sich um, um sicherzugehen, dass ihn sonst niemand beobachtet, nicht dass man da in einer Ferienanlage jemals sicher sein könnte, verlagert das Kajak und winkt zurück. Lokführer. Er muss hier weg. Nachher wird er mit seinem Handy mal runter in den Pub gehen, da sind sie in diesem Jahr bereit, so zu tun, als wäre er alt genug, um mit einer Cola in einer Bar zu sitzen und das freie WLAN zu benutzen, vielleicht testet er heute sogar mal, ob die ihm auch ein Bier geben. Kaltes Wasser rinnt ihm in den Nacken. Er balanciert das Kajak auf den Schultern und trägt es über das Gras Richtung Steg. Eine Windbö peitscht ihm Regen ins Gesicht. Sein Handy ist noch im Haus, immer angestellt, falls irgendein Zusammentreffen von Wetter und Wunschdenken doch mal für einen Balken Empfang sorgt, und in Gedanken formuliert er einen Text für seinen Gruppenchat und schickt ihn in den Wind. SOS. Mayday.

Der Wind peitscht ihm Wasser um die Ohren und zerrt

am Kajak, dass er ins Stolpern gerät, sich das Schienbein stößt an einem dieser blöden Steine, mit denen die Leute auf der freien Wiese ihren Raum markieren. Fuck, sagt er. Beschissener Stein. Arschloch. Fotze. Manchmal macht er, für sich, eine Weile so weiter, lässt schlimme Worte an die Luft, aber das Wetter erstickt seine Flüche. Der schottische Himmel ist wüster als jede menschliche Stimme. Er verlagert das Kajak, senkt den Kopf, denkt an die Brettspiele in der feuchten Hütte, den Geruch nach Suppe und die Stimmlage seiner Schwester und geht weiter. Er wird schon nicht sterben da draußen, aber wenn er drinnen bleibt, bringt er vielleicht jemanden um. Seinen Dad, zum Beispiel, er würde vielleicht seinen bärtigen, Suppe verkleckernden Dad umbringen. Jetzt hör schon mit der Suppe auf, denkt er, aber der dickflüssige Tomatengeruch scheint in seinen Haaren zu kleben. Kein Blut, er will nicht das Blut seines Vaters vergießen, aber die Befriedigung, sich von hinten mit der Pfanne zu nähern, in der seine Mutter stinkende Eier brät, deren Weiß rotzig und schleimig ist und Fäden zieht, wenn sein Vater sie sich in den Mund schaufelt, und mit der Pfanne oder einem dieser Steine hier –

Die Kiesel am Strand sind dunkel und glänzen vom Regen. Er mag das Geräusch, das sie unter seinen Füßen machen, es verkündet, dass er hier ist, in echt, dass er eine Masse und eine Kraft und eine Geschwindigkeit hat. Ein Kind hat am Strand einen Schuh verloren, die falsche Art Schuh, schwarzer Lack mit rosa Blume, und würde er nicht dieses bescheuerte Kajak tragen, würde er den Schuh woanders hintun, mindestens aufrecht hinstellen und weiter weg vom Ufer, wie die Leute es mit Sachen machen, die sie finden, Teddys und Bommelmützen auf Mauern, wie ein improvisierter Schrein. Vielleicht auf dem Rückweg.

Okay, er kann den Steg bis zum Ende gehen und dort starten oder er kann einfach ein richtiger Mann sein und in den Loch gehen. Vielleicht beobachtet Dad ihn. Er geht. Es ist kein Drysuit, man muss das Wasser reinlassen, damit der Körper es dann rundum erwärmt. Es ist so kalt, dass seine Füße und Knöchel nur Schmerz empfinden, keine Temperatur. Waden. Knie. Scheiße, Mann. Er bleibt stehen, um das Kajak runterzulassen.

Als er jünger war, hat er immer in seinen Wetsuit gepinkelt, damit es warm wird.

Auf halber Strecke zwischen dem Ufer und der Insel sitzen drei weiße Vögel auf dem Wasser. Möwen. Hakenförmige gelbe Schnäbel, schwarze Blitze auf den Köpfen, größer, als man denkt, der Regen macht ihnen nicht viel aus.

Er ist bis zu den Oberschenkeln drin und das Kajak zieht an seinem Seil wie ein ungeduldiger Hund. Okay. Es wäre einfacher gewesen, über den Steg reinzugehen.

Viel einfacher.

Ach, Fuck.

Aber er ist nur ausgerutscht, nicht gefallen, und jetzt ist jedenfalls der Wetsuit voller Wasser und wird ihn bald isolieren, wie es sein soll. Er versucht es noch mal, und diesmal landet er mehr oder weniger im Kajak und mehr oder weniger richtig rum. Also los, auf zur Insel. Zur anderen Seite. Bis ans Ende sogar, bis zu dem Ort, wo der Bahnhof ist, sodass er, wenn er Geld hätte, den Zug zurück in die Stadt nehmen könnte, nach Hause, wenn er denn die Hausschlüssel hätte, obwohl er gar nicht nach Hause fahren würde, denkt er und fängt an zu paddeln, oder nur kurz, um zu duschen und sich umzuziehen und ein paar Sachen in einen Rucksack zu stopfen. Wenn man erst mal drauf ist, ist der Loch rauer, als er vom Ufer aus wirkt. Er findet den Rhythmus für sein Paddel, mag, wie immer, die Stoßwellen im Wasser, im Körper, im Boot, das Kühne an diesem kleinen Boot, das eine lebende Seele übers Wasser trägt. Er hätte kein Telefon und, entscheidender, kein Geld, aber im Zug wird nicht immer kontrolliert, und wenn, dann kann man sich im Klo verstecken. Er sieht eine Windbö über den Loch kommen, das Wasser sträubt sich wie gegen den Strich gestreicheltes Fell, und er wendet das Kajak, um ihr zu begegnen. Er würde nach Hause fahren und heiß duschen – das wäre nötig, wenn man im Wetsuit Zug gefahren ist – und die Küche plündern, nein, er würde eine Tiefkühlpizza in den Ofen schieben, bevor er duscht, und dann, da führt kein Weg dran vorbei, würde er sich die Kreditkarte leihen, die Mum in ihrem Schreibtisch liegen hat, weil sie zwar keine Kreditkarten mag, keine Schulden mag, es aber ihre Kreditwürdigkeit bestätigt, und was, wenn ihr draußen das Portemonnaie gestohlen wird. Und dann würde er im Internet rausfinden, wie man aus diesem Land rauskommt, denn das machen Leute noch, das kann man immer noch – nicht Amerika, auch wenn das die naheliegende Wahl wäre, da sind die Leute immer hingegangen, aber Rassismus und Waffen und komplett Durchgedrehte, das macht echt keinen Spaß mehr, außerdem ist die Einwanderungsbehörde nach allem, was er hört, nirgendwo strenger. Australien, rote Erde und weiter Himmel. Er kann ganz okay surfen. Windsurfen auf ruhigem Wasser jedenfalls. Für junge Reisende gibt es da Jobs in der Landwirtschaft, also für Europäer, aber da würden sie doch wohl großzügig sein, er ist Schotte. Er könnte Obst pflücken, was auch immer da wächst. Mangos, warm und schwer wie Brüste. Regnet es in Australien genug für

Mangos? Hm, Brüste. Oder Kanada, sind die nicht netter als die Amerikaner, könnte er nicht mit Kajaks die Flüsse hoch oder so, aber vielleicht ist das auch schon länger her. Wo die Reisepässe sind, weiß er, irrsinnigerweise in der oberen Schublade von Mums Kommode, bei ihrem Schmuck, um es Einbrechern auch wirklich leicht zu machen. Ich weiß, sagt sie, aber wenn ich die Sachen verstecke, finde ich sie nicht mehr und wenn erst mal jemand im Haus ist, ist es einem wahrscheinlich lieber, er findet, was er sucht, und verschwindet wieder, außerdem kann man nicht sein ganzes Leben damit verbringen, den Plänen imaginärer Einbrecher zuvorzukommen, und wir haben die Pässe schließlich seit Jahren nicht gebraucht, nur mal für die Bank oder so, und die von Becky und dir sind sowieso abgelaufen. Na ja, er überlegt ja nur. In Kanada gibt es Seen und Berge, er könnte jetzt dort sein, könnte Vorräte in die Hütte tragen, wo seine Freundin auf ihn wartet, seine Freundin mit langen blonden Haaren und Titten wie – er ist fast an der Insel vorbei und die Wellen schlagen gegen die Seite des Kajaks, sodass er jeden Windstoß spürt. Also in den Wind drehen, dann geht es zurück ganz schnell. Ihm gefällt, wie man auf einem Loch mit dem Kajak wandern kann, mal hierhin, weil einem danach ist, und dann dorthin, nur zum Gucken, es geht ums »Kajaken«, nicht darum, irgendwo hinzufahren und zurückzukommen. Er könnte auf der Insel Rast machen, da ist sogar ein Anleger, wo im Sommer die kleine Fähre hält, mit Leuten, die die Wanderwege nehmen und die Tafeln über Vögel und Tiere lesen, die es überwiegend nicht mehr gibt, und an Picknicktischen sitzen, um Brote und Chips zu essen. Nicht dass er jetzt was gegen ein Brot und Chips hätte. Aber er ist gern hier draußen, er will weiterfahren, vielleicht sogar bis zur Spitze des Lochs, wo der Fluss aus den Bergen kommt, dunkel wird es schließlich erst gegen Mitternacht und zu tun hat er ja heute nichts mehr.

Er paddelt weiter. Am Himmel ballen sich Wolken in der Farbe blauer Flecken. Er leckt sich über die Oberlippe, um rauszufinden, ob seine Nase läuft oder ob es nur Regen ist, und stellt fest, dass er einen überraschend großen Teil seiner Wange ablecken kann, die süß ist, verglichen mit der salzigen Lippe. Lass sie laufen. Der Regen ist jetzt egal; durch das blutwarme Wasser seines Wetsuits isoliert, im Kajak auf dem Loch, hat er vergessen, wie es sich anfühlt, trocken zu sein. Tropfen prasseln auf das Boot, Wind singt durch die schwere Luft, Wellen schlagen gegen den Rumpf und das Paddel taucht ein, wendet, schiebt, tropft. Er treibt weiter, stemmt sich mit den Muskeln gegen Wind und Strömung, während sich am Ufer die Bäume biegen und schütteln. Im Osten taumeln Möwen durch den Himmel, kreisen und rufen. Wer drängt sich freiwillig in einer Hütte aneinander, wenn man hier draußen sein kann?

Weiter, Wind und Regen und strömender Himmel, das Wetter ergießt sich von oben ins Tal und weiter nach Süden über durchweichte Hügel und Felder. Alex' Schultern tun langsam weh und das Kajak ist zwar gut, aber stärkerer Wind würde die Lage erschweren. Nur noch ein Stückchen, bis er auf einer Höhe mit dem Baum ist, der aussieht, als stünde er im Wasser, seine Wurzeln aber tatsächlich in eine felsige Insel geschraubt hat, ein Baum, auf den er, als er jünger war, ein paarmal geklettert ist. Er weiß noch, wie er sich über dem Wasser zentimeterweise den Ast entlangbewegt hat, wissend, dass unter der Oberfläche mehr Felsen waren, dass es Blut und Knochenbrüche mit sich brächte, wenn er fiele, und Dad sagen würde, ich hab es dir doch gesagt, und dass das Gründe waren weiterzumachen. Und jetzt dies. So was muss er nicht mehr machen.

Er dreht das Boot, weiß genau, wann er das Paddel setzen muss, um den Bug in den Wind zu richten, seeabwärts. Er ist genau in der Mitte, von beiden Ufern weitmöglichst entfernt und wäre gern noch weiter entfernt, würde sich mehr Weite wünschen. Er ruht sich einen Augenblick aus, findet das Gleichgewicht, lässt sich und sein Boot treiben. Er geht seit zwölf Jahren zur Schule, drei Viertel seines Lebens immer wieder Schulgong und Schlangestehen für schlechtes Essen und das Gefühl von Nylonhosen, und ein Jahr hat er noch vor sich. Dass es mit den Leistungsfächern anders würde, ist eine Lüge. Ein Jahr noch. Na ja, zehn Monate. Gott. Und dann? Universität, nur dass er keine Ahnung hat, was er da machen soll, er ist okay in Mathe, aber was macht man mit einem Abschluss in Mathe? Dann fünfzig Jahre Arbeit. Man sollte nicht an die Rente denken, ehe man überhaupt angefangen hat, dann stimmt was nicht, außerdem ist er dann, mit sechsundsechzig, schon so gut wie tot. Wenn es dann noch einen Planeten zum Leben gibt, wenn die durchgeknallten Regierungen irgendwas verschont lassen. Er greift nach dem Paddel, aber sobald das Kajak in die richtige Richtung unterwegs ist, muss er es eigentlich nur stabil halten, indem er steuert, eintaucht und durchzieht, während das von den Bergen im Norden herabfließende Wasser und der über den Loch treibende Wind ihn zurücktragen. Eine heiße Dusche, denkt er, und bitte zum Abendessen nicht wieder Mums matschige braune »Hausmannskost«. Für mich sind das eigentlich keine Ferien, sagt sie, ich weiß nicht, ob es euch aufgefallen ist, aber es muss immer noch Essen gekocht und die Toilette geputzt werden, es ist sogar mehr zu tun als sonst, weil alle ständig zu Hause sind und es keine Läden gibt, in denen man mal eben was holen kann, wenn etwas alle ist. Und wer hat das so entschieden, wer macht denn verdammt noch mal Urlaub, wo es nicht mal eine Pommesbude gibt? Es ist schon schräg, wenn man mal drüber nachdenkt, dass diese ganzen weißen Mittelklasseleute hierherkommen, um weniger Privatsphäre, Komfort und Annehmlichkeiten zu haben als zu Hause, was ist daran Urlaub? Es ist eine Pause, sagt Mum, von dem, was man zu brauchen glaubt, aber gar nicht braucht, eine Besinnung aufs Wesentliche, ist dir nicht aufgefallen, dass wir viel mehr miteinander reden ohne die Handys? Ja, sagt er, wir streiten mehr, das ist mir schon aufgefallen. Und wo sind die andern alle? Alex' Freund Amir war in einem dieser All-inclusive-Hotels irgendwo in Spanien oder der Türkei oder so, er hat gesagt, es gab die ganze Zeit Essen, warmes Frühstück und dann Obst und Kekse den ganzen Vormittag über und dann ein Mittagsbuffet und nachmittags Eis und Kuchen und dann Abendessen und zwei Swimmingpools, obwohl es direkt am Strand lag, und massenweise heiße Mädchen, die gelangweilt in der Sonne lagen. Abends wurde gegrillt, hat er gesagt, auf der Terrasse waren Köche mit weißen Mützen, und es gab so viele Burger und Steaks, wie man wollte. Es war unglaublich, sagte Amir, das Essen und die Mädchen und ein echt gutes Gym, Amir hat also praktisch die gesamten zwei Wochen mit Work-out, Surfen, Essen und Mädchen anbaggern verbracht und seine Eltern kaum gesehen. Selbst wenn man die aufregendere Hälfte abzieht von dem, was Amir angeblich mit den Mädchen gemacht hat, was Alex tut, *mindestens* die Hälfte – er hört den Wind kommen, bevor er ihn trifft, hat Zeit, sich zu wappnen, aber es ist knapp. Fuck.

Er stößt tief in das dunkle Wasser, treibt das Kajak weiter, sieht, wie die Bö den See hinunterfliegt, Bäume trifft und auf die Wellen eindrischt.

Gut, sagt er, wie du willst, nur zu, Arschloch, und eine kleine Stimme in seinem Hinterkopf fragt, was er sich eigentlich denkt, das Wetter hier oben zu verwünschen, das Wetter, das sich oben in den Bergen zusammenbraut, über dem Meer, das aus der richtigen Arktis kommt. Hat er sein bisschen Verstand verloren, allein in der Mitte eines der größten Lochs Schottlands, vollkommen schutzlos, man kann hier ohne Weiteres ertrinken. Die würden deine Leiche nie finden, auch wenn das rote Kajak früher oder später angespült werden und sich ans Ufer schieben würde, wahrscheinlich verkehrt rum, als wollte es sich selbst heraus- und hoch zur Hütte ziehen, während seine Leiche forttreibt, einen weiten Weg, hier, wo die Berge so steil zum See hin abfallen, sind unter ihm wahrscheinlich Hunderte von Metern Wasser und Hechte und alles Mögliche, meistens bildet sich in Ertrunkenen Gas, sodass sie wieder aufsteigen, aber nicht, wenn sie von Hechten angefressen und ihnen das Fleisch von den Knochen gerissen wurde. Unter ihm und dem roten Kajak müssen Dutzende Toter liegen, junge Männer, die vor dem aufkommenden Wind nach Hause geeilt sind, das Wetter im Auge behaltend, aber zu spät, zu spät. Die nächste Bö schlägt zu und das Kajak dreht sich unter ihm. Lieber Gott, sagt er, wenn du mich heute heil aus dem Wasser kommen lässt, verspreche ich, nie wieder … äh, nie wieder … nie wieder über Kayleigh Ward zu lachen. Er tut es ja gar nicht, wenn sie dabei ist, oder jedenfalls nur, wenn die andern es tun, und wenn sie das wirklich stören würde, könnte sie ja schließlich normale Klamotten tragen oder irgendwas an sich machen, oder? So, das Boot ist wieder in der Spur. Die Hechte müssen warten. Seine Schulter tut jetzt richtig weh, ist verspannt und voller Schmerz. Er schüttelt sich ein bisschen, anhalten und sich richtig strecken kann er sich nicht leisten, weil es nur die Vorwärtsbewegung ist, die das Kajak inmitten immer heftigerer Wellen stabilisiert. Jetzt komm mal runter, denkt er, du überquerst schließlich nicht den Atlantik, Junge, es ist nur ein Loch. Nicht dass man den Atlantik im Kajak überqueren würde. Nicht dass man vom Land aus nicht mehr zu sehen wäre, selbst wenn man es wollte. Das mit dem Ertrinken ist sowieso Quatsch, er hat schließlich seine Rettungsweste an, und er trägt seinen Wetsuit, würde also auch nicht unterkühlen, und er kann schwimmen, ziemlich gut sogar, wahrscheinlich könnte er das Kajak von hier an Land ziehen, wenn er müsste, so weit ist es nicht bis zu den Bäumen da drüben, aber das muss er ja gar nicht, es läuft doch gut, noch paddelt er ja.

Er wechselt erneut die Seite. Au. Bestimmt ist er morgen steif wie eine Leiche. Ob sie ihm erlauben, ein Bad zu nehmen, das ganze heiße Wasser zu verbrauchen und alle andern eine Stunde aus dem Bad auszuschließen? Er könnte sich schön einen runterholen. Es ist Tage her, selbst wenn er sich einigermaßen sicher ist, dass Becky schläft, manche Sachen gehen einfach nicht, wenn die eigene Schwester im Zimmer ist. Der Regen ist stärker geworden, hämmert auf den Bootskörper, und er kann hören, wie er zischend im Loch einschlägt. Er leckt sich Wasser vom Gesicht, wischt sich mit dem Handrücken über die Nase, aber es hat keinen Sinn. Da ist wieder der Baum, nicht weit entfernt jetzt, und darunter irgendein anderer Verrückter, Tarnjacke, aber das Grün des Baums ist so hell, dass man ihn trotzdem sehen kann, könnte ein Wanderer sein, aber er befindet sich nicht auf dem Weg und bleibt immer wieder stehen. Wahrscheinlich noch jemand, der es drinnen keine fünf Minuten mehr ausgehalten hat, oder einer von diesen armen Campingtypen, fuck, was macht man denn den ganzen Tag im Zelt, würde man da nicht einfach nach Hause fahren? Der Ort weit hinten ist regenverhangen, die Welt mit dem roten Kajak im Zentrum schrumpft. Aber nicht unter mir, denkt er, die Entfernung zu den Steinen und den ausgreifenden Algen am Boden, wo die Knochen liegen, bleibt dieselbe. Spielt es da unten irgendeine Rolle, was das Wetter macht? Wissen Fische überhaupt, was Wind ist?

Seine Hände werden taub. Egal, er kann ja noch paddeln. Trotzdem. Seine Füße auch, jetzt, wo er drüber nachdenkt. In einem Drysuit ginge es ihm besser, aber sie wollte ihm keinen kaufen, wofür brauchst du den denn, wir haben gerade so viel Geld für den Wetsuit ausgegeben, wo sollen wir den denn aufbewahren, glaubst du eigentlich, wir schwimmen im Geld? Jetzt kann er sich einen Job suchen. Vor ein paar Wochen kam seine Versicherungsnummer und er hat sie mit hoch in sein Zimmer genommen und sie sich angesehen, den Brief noch mal gelesen. Woher wissen die von ihm, diese Versicherungsleute, woher wissen die seinen Namen und wo er wohnt und wann er sechzehn wird, haben die ihn all die Jahre über beobachtet? Das sollten die nicht. Er sollte derjenige sein, der zu denen sagt, ich wär so weit, da bin ich, ihr könnt mich aufnehmen. Obwohl das wahrscheinlich nicht alle Leute machen würden, manche würden sich lieber im Wald verstecken oder in den Bergen

und Eichhörnchen und Kaninchen überm Feuer grillen –
nicht dass man bei dem Wetter ein Feuer am Brennen halten
könnte, höchstens vielleicht in einer Höhle oder so, aber wo
zieht dann der Rauch ab – Beeren pflücken für die ganzen
drei Wochen, Beeren sind jedenfalls da. Als er klein war,
hatte er so ein Buch über ein Kind in Amerika, das weg-
gelaufen ist und in den Catskills in einem hohlen Baum
lebte, und obwohl er es ungefähr fünfzehn Mal gelesen hat,
gab es Sachen, die konnte er sich einfach nicht richtig vorstellen, ein Baumstamm, so breit, dass ein Bett hineinpasst
und Platz zum Sitzen und für Vorräte, ein Land, so groß,
dass ein Mensch, und sei es ein Kind, auf unbestimmte Zeit
so leben kann, ohne je einen anderen Menschen zu sehen.
Diesmal hört er den Wind, bevor er zuschlägt, aber viel kann
er nicht machen, das Kajak rutscht unter ihm weg, kippt,
als es seitlich auf die Wellen trifft und obwohl er nicht reinfällt, ist neues kaltes Wasser in seinem Wetsuit und er fängt
an zu zittern, eine Art tiefes Schütteln, das aus seinem tiefsten Innern zu kommen scheint, aus seinen Eingeweiden oder
seiner Lunge. Er kann nichts anderes tun als nach Hause
fahren, schnell jetzt, und es stimmt, dass der Wind hilft,
auch wenn es sich nicht so anfühlt, es geht zurück viel schneller als raus.

Er spürt wirklich seine Finger nicht mehr.

Hier ist ja die Insel mit den am Ufer kauernden Vogelbeer-
bäumen. Jetzt wird es tricky, in der Kurve da lässt es sich nicht
vermeiden, gegen den Wind zu fahren, er muss nur darauf
achten, wann die nächste Bö kommt. Beim Wenden schlägt
ihm der Regen ins Gesicht, spritzt ihm ins linke Auge, sodass er es nicht offen halten kann, was es erschwert, über die
Schulter den Wind auf dem Wasser im Blick zu behalten.

Er blinzelt so schnell, dass er die Welt wie im Blitzfeuer sieht und sein Gehirn Boot und Wellen und Land nicht als etwas Konstantes wahrnimmt, er treibt das Kajak jetzt schnell über das letzte Stück, sieht die alte blaue Seilschaukel im Wind hin und her schwingen, als würde sie von einem unsichtbaren Kind bewegt. Geisterkind, warum nicht, man kann da sterben, ohne Weiteres, deshalb war es ja immer so aufregend, weil einen unten Wasser und Felsen erwarten und nicht dieses komische Gummizeug wie auf Spielplätzen. Sogar Mum hat immer gesagt, sie sollen nicht auf die Schaukel gehen, dabei hat sie normalerweise immer gesagt, dass Kinder ihre Freiheit brauchen und es besser ist, wenn sie an der frischen Luft Beulen und blaue Flecken kriegen, als wenn sie die ganze Zeit drinnen sitzen und auf Bildschirme starren. In Alex' Ohren breitet sich Stille aus und ihm wird bewusst, dass die ganze Zeit der Wind durch seinen Kopf gebraust ist, durch die Windungen und Gänge seiner Ohren, den ganzen Nachmittag über. Oder wie lange es auch gewesen sein mag, zwei Stunden bestimmt, den ganzen Weg da raus. Und hier sind natürlich fast keine Wellen mehr, im Schutz der Insel und der Halbinsel, wo sogar heute Autos nass zwischen den Bäumen glänzen, Menschen verzweifelt genug sind, um im Regen spazieren zu gehen, oder anscheinend auch einfach bis zum Ende der Straße fahren und parken, um dann da zu sitzen, mit Zeitungen und Tee aus der Thermosflasche. Es juckt ihn überall, wenn er sich nur vorstellt, wie Leute bei beschlagenden Scheiben in parkenden Autos sitzen und warten, dass die Minuten vergehen, ihr Leben verrinnt. Man kann nicht auf das verdammte Wetter warten, nicht hier, ehe es aufhört zu regnen, ist man tot.

Im Innern der Insel. Sich kräuselndes Wasser, das Klatschen

kleiner Wellen an den steinigen Strand. Diesmal hält er auf den Anleger zu, um die Leiter hochzuklettern und das Boot dann an der Schnur zu führen, die einfachere Art, aber als er versucht, das Paddel abzulegen, um nach der Leiter zu greifen, stellt er fest, dass sich seine Finger darum verkrampft haben. So etwas Simples wie das eine loslassen und nach etwas anderem greifen, funktioniert nicht mehr, dabei muss er sich wirklich unbedingt an der Leiter festhalten, oder an irgendwas anderem. Er rammt das Paddel zwischen die Sprossen der Leiter, wodurch das Boot anhält, beugt sich vor und beißt sich in den Zeigefinger, um ihn dann mit den Zähnen vom Paddel zu lösen, aber er hat kein Gefühl im Finger, dafür ein schreckliches Ziehen im Unterarm, als würde an einer gespannten Saite gezupft, obwohl man es nicht soll. Er macht es dennoch auch mit dem Mittelfinger, was weniger zieht, und jetzt kann er den Arm um die Leiter haken, während die Hand mit dem Paddel in seinem Schoß liegt. Er pustet darauf, mit weit offenem Mund, har, har, bis ihm etwas schwindelig wird, aber dann kann er eine taube Hand benutzen, um die andere anzuheben, und für die Leiter funktionieren sie wahrscheinlich gut genug, auch wenn er sie nicht spürt, wahrscheinlich braucht man gar kein Gefühl, damit der Körper funktioniert, und vielleicht bindet er das Boot an und holt es erst später, aber er weiß, was Dad dann sagt. Er macht so was wie einen Knoten, damit das Kajak fest ist, während er rausklettert und scheiße ist das anstrengend, ist so richtig alt sein, wie seine Oma, die immer hoppelt und sich festhält, als könnte der Boden nachgeben, fühlt sich das so an, denn wenn ja, dann will er das nicht, vielen Dank, dann springt er mit siebzig oder so einfach von der Klippe. Oder fährt mit dem Auto gegen eine Mauer.

Alex liegt auf dem Bauch über der Kante des Stegs. Er kriecht nach vorn, stößt sich das Knie so schlimm, dass ihm Tränen in die Augen steigen, aber wenigstens ist im Knie noch Gefühl.

Er setzt sich hin, zieht sich, schon wieder zitternd, auf alle viere und richtet sich dann auf. Es tut verdammt weh, und während er den Steg runterschlurft, muss er daran denken, dass alle ihn sehen, all die Leute in ihren Hütten mit Seeblick, die in den Regen starren und den ganzen Tag nur darauf warten, dass so was passiert, dass ein Junge sich vor aller Augen zum Idioten macht. Och, Mavis, schau, der Typ von da drüben, kann kaum noch richtig gehen, was hat der denn gemacht. Runter vom Steg und ins Wasser, das Boot hochziehen, aber nicht zu weit, nicht dass es über die Steine schrappt, nicht mit so viel Wasser drin. Kipp es, lass das Wasser rauslaufen, jetzt anheben, los, heb das Scheißding an. Gott. Auf dem Hinweg war es nicht so schwer. Und jetzt los, alle gucken, da ist der Schuh, sie hat ihn noch nicht geholt, wie ist das kleine Mädchen denn ohne Schuh nach Hause gekommen?

In der Hütte ist Licht an und er sieht Mum das dumme Puzzle machen und Dad mit seinem Handy rumspielen, obwohl darauf nichts Neues zu sehen sein kann. Becky muss im Schlafzimmer sein, oder wenn sie sich im Bad eingeschlossen hat, muss er die Tür aufbrechen, er muss jetzt duschen. Oder baden. Dieses Zittern. Seine Knie tun weh, wenn er sie beugt, und seine Arme wollen sich nicht bewegen, um das Kajak runterzulassen, und seine Schultern schaffen es kaum, es unter die Terrasse zu schieben. Die Rettungsweste wird er drinnen ausziehen, wenn er die Haken aufbekommt.

Er schleppt sich die Stufen hoch, bekommt die Tür auf

und schiebt sich nach drinnen. Da bist du ja, sagt Mum, ich hab mich schon gewundert, mach die Tür zu, Süßer, du lässt die ganze Wärme raus.

Gerippe von Fellbooten

Da sind nur wenige Boote. Der Dampfer fährt trotzdem, bei jedem Wetter, zieht seine Linien über das Wasser, die verstärkten Kommentare des Kapitäns dröhnen über die Wellen. Hier war Bonnie Prince Charlie, und dort war Maria Stuart, Königin von Schottland, und Braveheart und Walter Scott und Rabbie Burns und jeder Schotte, von dem man je gehört hat, und falls Nessie nicht in diesem speziellen Loch ist, haben wir unsere eigenen Unterwassermonster. Die Wolke von Ruderbooten rund um die Dorfmole ist verschwunden wie Mücken bei starkem Wind, die Windsurfer haben die Flügel eingeklappt, die Jetskis ruhen, und sogar die meisten Kajaker sind auf dem Trockenen.

Weiter unten sind mehr Boote. Da sind die Gerippe von Fellbooten und die Hüllen von Birkenkanus und die ausgehöhlten Stämme von Bäumen, die einst Bären Schutz boten. Da sind die kleinen Boote von Jungs aus allen Jahrhunderten, die nicht mehr nach Hause kamen, und im Wasser ihre handgenähte Kleidung und die Kuh-Geister ihrer Schuhe und die Amulette, die nicht halfen, als sie gebraucht wurden.

Andere schweigende Schwimmende

Mummy, sagt Izzie, Mummy, Mummy, guck mal. Mummy? Mummy, guck mal. Mummy?

Ja, sagt Claire, was ist denn da? Sie fragt sich, wie oft Izzie »Mummy« sagen würde, wenn sie nicht antwortete, aber offenbar kann Izzie öfter Mummy sagen, als Claire es hören kann.

Mummy, guck mal, Mummy. Komm mal.

Ich putze gerade die Spüle, will sie sagen, ich kümmere mich endlich um dieses braune Zeug hinter dem Wasserhahn, das mich schon die ganze Woche stört. Was ist wohl interessanter, braunes Zeug oder was da draußen im Regen passiert, was soll da schon sein? Claire legt den Topfkratzer in die Spüle – was man über die meisten Ferienhäuser sagen muss, ist, dass sie eine beeindruckende Auswahl an Putzmitteln haben, und zwar nicht diesen ökologischen Feenstaub – und geht durchs Zimmer. Auf dem Teppich vor der Tür ist Dreck, und an der Terrassentür sind zwei Reihen Fingerabdrücke und etwas, das vermutlich Rotz ist, einmal auf Izzie-Höhe und einmal darunter, wo Patrick langgekrabbelt ist und sein Gesicht gegen die Scheibe gedrückt hat. Während Claire sich um die Spüle gekümmert hat, hat Izzie gegen das Fenster gehaucht und Blumen gemalt. Wie wäre es, wenn ich dir ein Tuch und Glasreiniger gebe, sagt Claire, und du machst das Fenster für mich sauber? Izzie schüttelt langsam den Kopf. Komm ich nicht ran, sagt sie, guck mal, Mummy!

Da ist ein Junge, ein Teenager, der ein Kajak vom Strand hochträgt, er muss trotz des Wetters rausgefahren sein. Sie kann sich schon vorstellen, dass man in dem Alter lieber allein im Regen unterwegs ist als mit seinen Eltern in einer kleinen Hütte. Eigentlich auch in ihrem Alter. Sie hat Freunde, die mit ihren Eltern Urlaub machen, und das Prinzip leuchtet ihr auch durchaus ein. Die Großeltern können Zeit mit den Kindern verbringen, und die Eltern können zusammen essen gehen oder was auch immer, aber niemand aus ihrem Freundeskreis scheint sich in diesen Urlauben zu amüsieren. Sie sagt, ihre Kinder hätten nie geschrien, sie sagt, zu ihrer Zeit hat man nach sechs Wochen abgestillt und das wars, sie sagt, ihre waren an ihrem ersten Geburtstag alle trocken. Er hat mich gebeten, nicht am Tisch zu stillen, kannst du dir das vorstellen? Claires Ansicht nach kommen die Menschen am besten miteinander aus, wenn sie mindestens die Hälfte der Zeit getrennt verbringen, und sie ist sich nicht sicher, ob das nicht auch für Kinder gilt. Sie will sich ja gar nicht von Jon scheiden lassen, von einem Abend alle paar Wochen vielleicht abgesehen, aber manchmal beneidet sie Menschen mit Sorgerechtsvereinbarungen. Wäre sie nicht eine wunderbare Mutter, geduldig und kreativ und selbstlos, wenn sie nie mehr als fünf Tage am Stück durchhalten müsste? Wenn sie jedes zweite Wochenende für sich hätte, um von morgens bis abends zu machen, was sie will, auszuschlafen und schwimmen zu gehen und das Haus richtig sauber zu machen? Kann ich auch ein rotes Boot, sagt Izzie, kann ich ein rotes Boot und damit zu den Inseln fahren? Claire streicht ihr übers Haar. Vielleicht, wenn du größer bist, sagt sie, wenn du so groß bist wie der Junge da. Denn natürlich wird aus Izzie eines Tages ein Mensch werden, der allein mit einem Boot zu einer Insel fahren kann, genauso alt, wenn vielleicht auch nicht genauso groß wie der Junge da.

Claire versucht, sich vorzustellen, wie sie ihr hinterherblickt. Versucht es und scheitert daran. Fragt sich, ob die Mutter des Jungen ihn aus einer der Hütten beobachtet, ob sie denkt, was Claire denken würde.

Putzt du jetzt das Fenster für mich, du kommst dran, es muss nur unten sauber gemacht werden, sagt sie. Es gibt einen Grund dafür, Mäuschen, dass gerade der Teil, an den du drankommst, sauber gemacht werden muss, sagt sie nicht. Izzie schüttelt den Kopf. Patrick soll das machen, sagt sie. Patrick kann nicht gleichzeitig stehen und etwas halten, sagt Claire, außerdem schläft er gleich, auch wenn Letzteres offensichtlich nicht stimmt, denn Patrick ist hörbar sehr wach und Jon versucht schon seit gut zwanzig Minuten, ihn hinzulegen. Es ist zu früh, um keinen Mittagsschlaf mehr zu brauchen, sie kommt nicht zurecht, wenn ihr fünfzehn Monate altes Baby ihr keine Mittagspause lässt, und er müsste müde sein, die Rumänen nebenan und ihre laute Musik haben sie alle die halbe Nacht wach gehalten. Arbeiten wahrscheinlich im Hotel und treffen sich nach ihrer Schicht. Nicht dass es ihr was ausmachen würde, wenn Leute ab und zu mal Party machen, wir waren alle mal jung – nicht dass die Frau, die dort wohnt, jünger aussehen würde als Claire –, aber diese Hütten sind hellhörig und man kommt schließlich wegen der Ruhe hier hoch, hätten die nicht nach Newcastle fahren können oder wohin Leute heute so fahren, wenn sie tanzen und Bands sehen wollen? Und dann noch mit dem kleinen Mädchen, Claire hat sie noch weit nach Mitternacht rumlaufen sehen, angezogen wie eine kleine – na ja, unpassend gekleidet. Sie hofft, dass an den Abenden jemand bei ihr ist, dass sie nicht

97

allein ist, wenn ihre Mum hinter der Bar steht. Hier ist es immerhin sicher, das steht außer Zweifel, um Fremde muss man sich kaum sorgen und es gibt jede Menge Leute, die sie um Hilfe bitten könnte. Claire hat sie vorhin mit diesen anderen Kindern am Strand spielen sehen, allerdings tat der Junge, als hätte er eine Waffe und klang nicht besonders nett; hätte es nicht so stark geregnet, wäre sie vielleicht näher rangeschlendert, nur um mal zu gucken, was da los ist. Man weiß nie, was Kinder plötzlich ausprobieren, diese Drittklässler an Jons letzter Schule, die ihre Pause nach der Physikstunde zum Thema Elektrizität dazu nutzten, auszuprobieren, ob sie die Sicherheitsvorrichtungen einer Steckdose aushebeln können. Vielleicht sollte sie mal vorbeigehen, nur um zu sagen, sie wären ja Nachbarn, und wenn das kleine Mädchen mal was braucht, während ihre Mum bei der Arbeit ist ... aber vielleicht würden sie das falsch verstehen, als Einmischung und Verurteilung. Was es ja auch ist. Aber schließlich sterben Kinder, weil sich niemand einmischt und urteilt, alle diese Fälle, wo anständige Leute sich um ihre eigenen Angelegenheiten kümmern, während die Nachbarn hinter den Gardinen ihre Kinder schlagen und verhungern lassen. Manchmal ganz normale Leute. Sagt man nicht, man bräuchte ein Dorf, um ein Kind aufzuziehen? Jemand muss das Dorf sein und sagen, was normal ist.

Mummy, sagt Izzie, Mummy, der Junge ist fast umgefallen, er hat fast sein Boot fallen lassen, guck mal. Na, jetzt ist er ja wieder zu Hause, bei seiner Mum, sagt Claire. Wie wird das sein, wenn die Kinder kommen und gehen, wie sie wollen, ihren eigenen Schlüssel benutzen und wie ganz normale Menschen ihr eigenes Leben von draußen mit reinbringen? Aber bis dahin werden es andere Kinder sein, oder nicht, andere

Menschen. Sie wahrscheinlich auch, und Jon geht auf die fünfzig zu. Fünfzig! Angenommen, wir sind dann alle noch da, angenommen, kein dementer Präsident hat den roten Knopf gedrückt und es gibt noch Luft zum Atmen und Wasser zum Trinken. Es war wirklich unverzeihlich, Kinder zu bekommen, so wie die Dinge liegen, so wie es werden wird. Iz, sagt sie, nimm Mummy mal in den Arm, und Izzie sieht sie an, versucht, den Schaden abzuschätzen, den sie reparieren soll, und Claire geht in die Knie, damit die Umarmung auch dort stattfindet, wo sie sie braucht, auf Höhe der Brust, an ihrem Herzen. Sie drückt, bis Izzie nicht mehr dagegenhält. So, sagt Izzie, jetzt ist besser, und sie klopft Claire auf die Schulter und geht wieder zum Fenster, als gäbe es da draußen etwas für sie.

Claire kehrt zurück zur Spüle. So halbherzig, wie Izzie sich der Scheibe widmen würde, ist es keinen Streit wert. Die Hütte hätte eigentlich geputzt werden sollen, bevor sie kamen, bezahlt haben sie weiß Gott genug dafür, es ist wirklich nicht in Ordnung, wenn die Reinigungskräfte nicht hinter den Wasserhähnen wischen, man will seine Ferien schließlich nicht mit Putzen verbringen. Sie wird sich auch die Schranktüren mal ordentlich vornehmen, da waren Klebefinger dran, vom Griff des Grills ganz zu schweigen, und wenn Zeit ist, auch die Lichtschalter, viele Leute putzen die überhaupt nicht, obwohl sie ständig angefasst werden. Sie wird entspannter sein, wenn sie weiß, dass alles sauber ist, oder der Dreck jedenfalls von ihnen.

Das Jammern kommt hicksend zum Ende. Jon kommt rein, Patrick auf dem Arm, der seine Arme nach Claire ausstreckt, im geröteten Gesicht immer noch Tränen. Tut mir leid, sagt Jon, nichts funktioniert, er scheint einfach nicht müde zu sein. Mummy, sagt Patrick, Mummy, und Claire trocknet sich die Hände ab und nimmt ihn entgegen. Er klammert sich mit den Beinen an ihre Hüfte und fasst ihr mit einem traurigen, klebrigen Finger ins Gesicht; Jon hat recht, wäre er richtig müde, würde er an ihrer Schulter liegen und ihr wahrscheinlich die Brust kneten. Es fühlte sich einfach gemein an, sagt Jon, ihn im Kinderbett festzuhalten, wenn er dort nicht sein will. Erziehung fühlt sich häufig gemein an, denkt Claire, deshalb sind Erwachsene dafür zuständig, langfristige Ergebnisse haben Vorrang vor momentanen Gefühlen. Langfristige Ergebnisse haben Vorrang, diesen Satz hat sie seit fast fünf Jahren nicht mehr benutzt. Existiert diese Frau noch, die Präsentationen vorbereitet und nur Kleidung trägt, die in die Reinigung muss? Die Software wird sich seitdem verändert haben, von der Kleidung ganz abgesehen. Claire streicht Patrick übers Haar. Bist du gar nicht müde, Hase? Sollen wir mal den Bauernhof suchen?

Sie hat eine große Plastikkiste mit Spielzeug von zu Hause mitgebracht und sich bemüht, das auszusuchen, was beide Kinder interessiert – damit ist der Platz effizient genutzt, aber Streit vorprogrammiert. Wenn man es richtig gut macht, kann man einen Bauernhof bauen, zu dem Izzie die Kühe bringen kann, damit sie gemolken werden, oder – der neue Liebling – den Wolf aus dem Zoo, für einen Amoklauf, während Pat auf die Knöpfe der braunen Kühe drückt, die dann gespenstische Töne von sich geben. Sie dachte, sie würden diese Woche vielleicht echte Hochlandkühe sehen, vielleicht im Wasser stehend, wie sie es auf all den Postkarten und Puzzles tun, aber sollte es die hier geben, sind sie vernünftigerweise die ganze Woche über drinnen geblieben. Izzie, sagt sie, sollen wir einen Bauernhof bauen? Sie trägt Pat zu der Spielzeugkiste und geht in die Hocke, versucht, nicht daran zu denken, dass sie sich mit all dem Geld, das sie bezahlt haben, um zwei Wochen nicht zu Hause zu sein, im Wesentlichen um all die Hilfsmittel gebracht haben, die ihnen sonst zur Verfügung stehen, um die Zeit rumzubringen: Wie das Schwimmbad, das, während man dort ist, zwar die Hölle ist, sich danach aber lohnt, weil die Kinder erschöpft sind und der Tag fast vorbei ist, nachdem sie samt Buggy mit dem Bus hingefahren ist, die Kinder und sich selbst umgezogen und alles in die Schränke geschlossen hat, nachdem Izzie den Schlüssel an ihrem Bade-anzug befestigt hat und auf Toilette gegangen ist, nachdem sie alle Schwimmflügel aufgeblasen hat und beide im Wasser sind und sie alle zusammen Mama mit Babyrobben gespielt haben oder Wassernixen oder was auch immer und sie Izzies Hundepaddeln gelobt und applaudiert hat, wenn Pat sich einen halben Meter nach vorne wirft, und sie sich erinnert hat, wie sie früher Meilen geschwommen ist, hin und zurück, mit Rollwenden, wie sie es in der Schule gelernt hat, zwei Mal wöchentlich vor der Arbeit, einfach ruhig schwimmen zu-sammen mit anderen ruhig Schwimmenden, nachdem sie sie beide aus dem Wasser gehoben hat, was heikel ist, wie das Puzzle mit dem Huhn und dem Fuchs in einem Boot, und sie wieder in der Umkleide sind und geduscht haben und sie den Kindern trockene Sachen angezogen und sich dann um sich selbst gekümmert hat, doppelt so schnell, ohne sich die Mühe zu machen, sich abzutrocknen, denn genau während sie ungeschützt ohne Unterhose dasteht oder ohne Brille, wird einer von beiden es fertigbringen zu ertrinken, dann Pat dazu bringen, sich in den Buggy zu setzen, oder ihn niederringen, die Gegend nach Spielzeug und Haargummis und schlaffen Schwimmflügeln absuchen und wieder zum Bus laufen, beide

Kinder jetzt weinerlich, sie brauchen die Kekse, die sie vorhin eingepackt hat, und Geduld und Zartgefühl, während sie betet, dass im Bus nicht schon jemand mit Buggy ist, und die beiden während des Wartens beschäftigt hält, Kinderlieder und gute Laune, und im Bus mehr davon, ganz leise singt sie *Die Räder vom Bus, die roll'n dahin*, durch die immer gleichen Straßen, *roll'n dahin, roll'n dahin*. Hier, denkt sie, müssen wir selbst dafür sorgen, Spaß zu haben. Sie muss dafür sorgen, dass sie Spaß haben.

Claire, sagt Jon, Claire, ich kann doch ein bisschen mit ihnen rausgehen, vielleicht schläft er im Buggy ein, und wenn nicht, kriegen sie wenigstens frische Luft und sehen mal was anderes, und Izzie hat ja ihre Stiefel und ihren Matschanzug. Sie sieht zu ihm auf. Es schüttet, sagt sie. Er zuckt mit den Schultern. Wir haben doch Jacken. Sie können ja in die Wanne, wenn wir wiederkommen. Lange könnten wir sowieso nicht bleiben, aber hättest du nicht gern ein Stündchen für dich? Du könntest selbst in die Wanne gehen. Wenn es hart auf hart kommt, geh ich mit ihnen in den Pub und wir trinken einen Saft, davon geht die Welt nicht unter. Nein, sagt sie, nein, ich weiß, aber für dich soll es doch auch Urlaub sein. Jon lächelt Izzie an, die zurückstrahlt. Es ist Urlaub für mich, sagt er, ich sehe sie während des Halbjahrs ja nicht viel. Was meinst du, Iz, sollen wir ein bisschen Pfützenspringen? Du kannst mit den Gummistiefeln auch ein bisschen planschen. Jaaa, sagt Izzie und hebt die Arme, jaaa, planschen. Pat wird es nicht gefallen, das weiß Claire, er hat keine Gummistiefel, kann an dem steinigen Strand nicht das Gleichgewicht halten, wird aus dem Buggy rauswollen, und dann braucht Jon beide Hände für ihn und zwei weitere, um Izzie auffangen oder retten zu können, wenn sie hinfällt, aber damit ist sie im Laufe des letzten Jahres schließlich auch oft genug klargekommen und Jon ist immerhin Lehrer, wenn auch von Teenagern, nicht von Kleinkindern, hat mehr Übung als sie darin, mit Kindern was zu unternehmen. Ich könnte hier mal richtig sauber machen, denkt sie, ich könnte wirklich in die Wanne gehen, vielleicht könnten wir was Schönes essen, wenn die Kinder im Bett sind, oder wenn schon nichts Schönes, dann immerhin was anderes als sie, habe ich im Schrank nicht eine Kerze gesehen, auch wenn überall Schilder sind wegen offenem Feuer und Brandgefahr? Ein Bad, denkt sie, und später ein Essen bei Kerzenschein, und Jon muss nichts korrigieren, fast wie ein richtiger Urlaub. Wir könnten uns unterhalten, über irgendwas, nicht über die Kinder, und dann, später, vielleicht – Bist du sicher, fragt sie, und Jon sagt, ja, klar bin ich sicher, es ist nur eine Stunde, Babe, leg dich hin oder geh in die Wanne oder lackier dir die Fußnägel, mach, was du willst. Wenn du magst, geh in den Pub, wo es WLAN gibt. Bestell dir was zu trinken. Er grinst. Vielleicht einen Cocktail mit Wunderkerze.

Sie mochte Cocktails immer, früher, die Frau mit den hohen Absätzen und den Blazern, die in die Reinigung mussten. Sie frischte in der Bürotoilette ihr Make-up auf und ging direkt in eine Bar. Manchmal, freitags, auch in mehrere Bars.

Komm, Izzie, sagt Jon, mal gucken, ob du deinen Matschanzug und deine Gummistiefel anziehen kannst, bis ich Pat im Buggy habe.

Es gibt ein Durcheinander von Stiefeln und Regenhosen, eine frische Windel für Pat, eine Packung Salzstangen, falls er im Buggy Ablenkung braucht, Jons unwahrscheinlich riesige Regenhose, ein Hin und Her mit Izzie, die ihren lila Schirm mitnehmen will und darauf besteht, nicht pinkeln zu müssen, bis sie ihre Meinung ändert, nachdem der Matschanzug bis oben hin zu ist, und dann sind sie weg.

Sie schließt die Tür.

Es ist ruhig.

Es ist immer noch ruhig.

Da ist natürlich der Wind und auf dem Dach der Regen, und sie hört sich selbst atmen. Sie hustet, um ein Geräusch zu machen. Okay, also, denkt sie, Jon hat ihr diese Stunde nicht geschenkt, damit sie auf ihre eigene Lunge lauscht. Sie hat sechzig Minuten, plus/minus, um irgendwas zu machen, um es sich gut gehen zu lassen. Sie erinnert sich an Ozeane aus Zeit, vor den Kindern, in London, die Wochenenden und Abende, die sie nicht mal wahrnahm, damit verschwendete, im Internet zu surfen, Serien zu gucken, die gerade eben nicht langweilig genug waren, um sie abzuschalten, sich Dinge anzusehen, die sie nicht kaufen würde, und Orte, die sie nicht besuchen würde. Nicht dass sie nicht auch für Freunde gekocht hätte und tanzen gegangen wäre und ins Kino und in Konzerte. Aber darum geht es nicht, denn hier gibt es weder Internet noch Freunde, und das Letzte, was sie will, ist in einen Pub voller feuchter und deprimierter junger ausländischer Wanderer zu gehen, in dem es ganz bestimmt keine Wunderkerzen im Cocktail gibt, wahrscheinlich nicht mal Cocktailgläser, nicht dass sie um diese Zeit was trinken wollte.

Tanzen könnte sie vielleicht, könnte die Art Frau sein, die tanzt, wenn niemand zuschaut, aber bei den tiefen Fenstern kann man nie ganz sicher sein, dass niemand zuschaut, manchmal denkt sie, alle in der Anlage verbringen ihre gesamten Ferien damit, einander zu beobachten, und wenn sie tanzen will, kann sie das ja mit Izzie tun, manchmal tanzt sie ja auch mit Izzie, wenn sie gar keine Lust dazu hat, sie muss ab September einen passenden Kurs für sie finden. Ballett, überlegt sie, und denkt an ihre eigenen rosa Seidenschläppchen und den Tüllrock, den sie als Tutu ausgab, eine rosa »Ballettjacke«, gestrickt von ihrer Großmutter, die starb, als Claire mit Izzie schwanger war. Gran wollte durchhalten, um ihr erstes Urenkelkind zu sehen, und verpasste es um sechs Wochen, bei der Beerdigung watschelte Claire und versuchte, ihre Trauer daran zu hindern, in ihren Blutkreislauf zu geraten und in das noch ungeformte Gehirn ihres Babys. Sie ist sicher, kürzlich irgendwo gelesen zu haben, dass Traurigkeit die Plazenta durchdringt, mehr oder weniger, dass eine Frau, die Angst hat oder aufgeregt ist oder deprimiert, ihr sich entwickelndes Kind mit Kummer tränkt und den Grundstein für ein Leben voller Jammer legt. Nicht dass Izzie viel jammern würde. Sie neigt vielleicht dazu, sich zu ärgern. Ungeduldig zu sein. Außerdem, wie ungerecht ist das, Frauen laufen schließlich nicht absichtlich verängstigt oder aufgeregt oder deprimiert herum, was soll man denn machen, wenn Auflösung und Tod anklopfen, was, wenn die Lage wirklich beängstigend ist? Wie auch immer, sagt Claire laut, los jetzt, du hast schon drei Minuten mit Rumstehen verbracht. Wenn sie hier nur rumsteht, kann sie genauso gut weiterputzen, aber das hat Jon nicht gemeint, er wird enttäuscht sein, das Gefühl haben, sie weise sein Geschenk zurück, wenn er zurückkommt und feststellt, dass sie nur das gemacht hat. Nimm ein Bad, hat er gesagt und schien zu vergessen, dass sie gar nicht besonders gerne badet. Frauenzeitschriften schreiben das immer, ein langes, duftendes Bad, als würde sich in genügend heißem Wasser alles auflösen, von Schwangerschaftsspeck bis Untreue, als könne man so viel für Badesalze ausgeben, dass es den Geruch von Selbsthass und unterdrückter Wut überdeckt. Baden ist Claires Meinung nach ziemlich langweilig, zu heiß, bis es zu kalt wird, außerdem kann man in der Badewanne nicht viel machen, zum Lesen ist es eigentlich nicht bequem genug, der Hals befindet sich immer im falschen Winkel, und Zeitschriften werden in dem Dampf klebrig. Während sie noch überlegt, kann sie ja schon mal nach der Kerze suchen. Ein Essen bei Kerzenschein fände sie schön.

Aber vorher geht sie ans Fenster, lehnt sich dagegen, um das Ufer möglichst gut sehen zu können. Der Buggy steht beunruhigend schief unter den Bäumen, und da ist Jon mit Pat auf der Hüfte – für den Feminismus spricht eine ganze Menge, aber Männer sind einfach nicht dafür gebaut, Babys zu tragen –, und Izzie hebt irgendwas auf und zeigt es ihm. Ihr Atem lässt die Scheibe beschlagen und sie wischt mit dem Ärmel darüber. Bestimmt Steine. Jon nimmt Pat auf den anderen Arm und macht die Tennisbewegung von jemandem, der einen Stein über das Wasser springen lässt, aber sie sieht an seinem Schulterzucken und daran, wie er sich Izzie zuwendet, dass es nicht funktioniert hat; dass der Stein, im Gegenteil, untergegangen ist, und Izzie geht mit einer Ernsthaftigkeit in die Hocke, die ihr in Bälde abhandenkommen wird, der Ernsthaftigkeit, mit der sich nur Kleinkinder und Botaniker dem Boden unter unseren Füßen zuwenden, und reicht ihm noch einen. Gut, denkt Claire. Dann suche ich jetzt die Kerze, auch wenn sie die Kerze genauso gut suchen kann, wenn alle da sind, es ist etwas, das für Izzie sogar als Spiel durchgehen würde. Such die Kerze. Sie verschwendet die Stunde, die Jon

ihr geschenkt hat, also damit, nach einem verloren gegange-
nen Gegenstand zu suchen, oder in diesem Fall eher nach
einem Gegenstand, der überhaupt nie da war, an den sie sich
nur erinnert, weil in einem anderen Ferienhaus mal eine war,
denn anderen Urlaub haben sie seit Izzies Geburt nicht mehr
gemacht, sie brauchte keine Freundinnen, um zu wissen, dass
Babys und Hotels nicht Entspannung und Spaß und heißen
Sex mit sich brachten, mein Gott, warum denkt sie denn jetzt
schon wieder an Sex, sie muss Jon sagen, dass es langsam
zurückkommt, das ist schon mindestens das zweite Mal heute,
was wahrscheinlich bedeutet, dass sie jetzt doch wieder einen
Zyklus hat, und sie hat keine Tampons dabei, aber soweit sie
sich erinnert, liegen die Tage, an denen sie Sex will, ungefähr
zehn Tage vor der Blutung. Wie ein Ei zehn Tage brauchen
kann, um fünf Zentimeter zu wandern, hat sie noch nie verstanden, aber sie weiß durch die Babys, dass dort irgendwie
keine Schwerkraft wirkt oder erst, wenn man aufsteht und
feststellt, dass man seine Regel bekommen hat oder dass im
Sitzen die Fruchtblase geplatzt ist. Tampons kaufen, denkt
sie, hat keine Eile, aber wenn wir nächstes Mal einkaufen
fahren, ich muss Jon bitten, mich daran zu erinnern. Immerhin haben sie mehr als genug Windeln, falls sie eine Binde
improvisieren muss, und eine Schere wird es in diesem Haus
ja geben. Such eine Schere, denkt sie, aber im Moment
braucht sie keine, und diese Stunde ist nicht dafür da, dass
sie sich Binden bastelt. Was hat Jon noch gesagt, lackier dir
die Fußnägel? Das macht sie manchmal, im Sommer, mit Izzie
zusammen überlegen, welche ihrer zwanzig Zehen welche
Farbe bekommen soll, aber es ist unwahrscheinlich, dass sie
an einem der nächsten Tage Sandalen tragen wird, schon weil
sie gar keine mitgebracht hat, außerdem ist das auch was, an

dem Izzie Freude hätte, und sie hat ja auch gar keinen Nagellack hier – warum auch? –, sie hat also nur zwei weitere Minuten ihrer Stunde vergeudet.

Allerdings, denkt sie, falls wir nachher Sex haben, sollte sie sich schon etwas zurechtmachen. Sie steckt die Hand unter den Pullover – kalte Hand –, um ihre Achseln zu testen, die sie seit Tagen nicht rasiert haben kann, und dann fällt ihr dieses Haar auf ihrer Brustwarze ein, das dicke schwarze, das immer wiederkommt. Als sie noch gestillt hat, hat sie sich gewissenhaft darum gekümmert, wer möchte so was schließlich im Mund haben, zusammen mit der Milch, aber in letzter Zeit – sie geht ins Badezimmer, wo es einen Spiegel gibt, hebt den Pulli an und holt ihre linke Brust hervor, die in der Kälte gleich munter wird. Gar nicht schlecht, denkt sie, wenn man bedenkt, dass sie von Anfang an nicht so aufregend war. Sie streicht über ihren Nippel und die runde Unterseite der Brust und spürt, wie auch die andere erwacht. Ja, denkt sie, sie gehören wieder ihr. Das muss sie Jon sagen. Aber da ist das Haar, alarmierend lang. Sie versucht, ihre Fingernägel als Pinzette zu benutzen, obwohl das fast nie funktioniert, nur die Nägel verbiegt, die bestimmt weicher sind, als sie sein sollten, sie braucht mehr Proteine oder Kalzium oder Vitamin B oder was auch immer, sie mag keine Nahrungsergänzungsmittel, weil sie nur eine Entschuldigung für schlechte Ernährung sind, was eine vernünftige Haltung wäre, wenn sie stattdessen Kohl oder Mandeln oder öligen Fisch äße – schrecklichen öligen Fisch mit Gräten und Schleim und einer Schweinerei, die direkt in die Mülltonne draußen gebracht werden muss, und einem Geruch, der noch tagelang unter der Treppe hängt –, aber eher selbstzerstörerisch ist, solange ihre Ernährung im Wesentlichen aus Tee und Toast besteht und dem, was die Kinder übrig lassen. Multivitamintabletten kaufen, denkt sie, und Tampons, entweder das oder Kohl essen, als wüsste sie nicht genau, dass diese Alternative nur Untätigkeit rechtfertigt: Nicht dass sie vorhätte, sich des Problems nicht anzunehmen, sie neigt nur immer wieder zur selben Lösung und muss sich so der anderen nicht widmen. Sie braucht wirklich eine Pinzette, und sie weiß, dass in der Reiseapotheke eine ist, weil man sie braucht, um Zecken zu entfernen, und man müsste schon dumm sein, ohne Pinzette ins schottische Hochland zu fahren. Aber die Reiseapotheke ist im Auto, da ist sie ziemlich sicher, und sie will nicht, dass Jon und Izzie sie da rumwühlen sehen, dann kommen sie, um ihr zu helfen, und sie muss erklären, dass sie gar keine Medikamente braucht, sondern – nein, denkt sie, nein, sie wird später im Bad einen Moment für sich haben, ehe an Sex überhaupt zu denken ist, und dann kümmert sie sich auch um das Haar. Es sei denn, sie bekommt es mit den Fingernägeln raus. Oder mit den Zähnen, kommt sie mit den Zähnen bis an ihre Brustwarze? Sie hat mal versucht, ihre eigene Milch abzusaugen, nach Izzies Geburt, als ihre Brüste so geschwollen waren, dass sie vor Schmerzen weinte und die einzige Auswirkung der Kohlblätter in ihrem BH, die die Hebamme empfohlen hatte, drei kleine Raupen waren, an einer Stelle, an der man keine Raupen erwartete: Ja, klar hab ich Bio-Kohl gekauft, hatte Jon gesagt, du willst doch, wenn du stillst, keine Pestizide an deinen Brustwarzen, oder doch? Gerade so kommt sie ran. Wenn sie die Zunge rausstreckt, berührt sie das Haar, das so drahtig und stachelig ist wie erwartet.

Au, ihr Hals.

Okay, Jon hat ihr diese Stunde nicht geschenkt, damit sie an ihren Brusthaaren leckt. Sie reibt sich den Nacken. Sie hat etwas Hunger, merkt sie, sie könnte Schokolade essen, solange Izzie nicht da ist und auch welche will, die ihr den Appetit aufs Abendessen verdirbt, und sie lehrt, Zucker mit Belohnung zu verbinden. Vielleicht hat sie auch nur Durst, sie hat irgendwo gelesen, dass Leute oft was essen, obwohl sie eigentlich nur ein Glas Wasser bräuchten, Wasser kann sie allerdings auch in Gegenwart der Kinder so viel trinken, wie sie will, sie wird diese Stunde nicht damit verschwenden, Wasser zu trinken. Oh, Tee, denkt sie, eine schöne Tasse Tee, den sie trinken kann, solange er noch so heiß ist, dass sich ein kleines Kind damit verbrühen könnte, das wird sie machen. Und dazu einen Keks, eins dieser edlen Schokodinger, die sie extra für den Urlaub gekauft hat, zusammen mit den guten Oliven und den Croissants, allerdings sollte sie die Kekse nicht allein essen, die sind zum gemeinsam Essen, sogar Pat könnte einen halben haben, um ihn sich ins Gesicht zu schmieren. Aber Tee, jedenfalls. Sie füllt den Wasserkocher und stellt ihn an, nimmt sich, während sie wartet, noch mal den Hahn vor und geht dann wieder zum Fenster. Sie sind immer noch am Strand, Pat steht jetzt, mit beiden Händen die von Jon haltend, sodass der sich auf eine Weise vornüberbeugen muss, von der sie jedes Mal Rückenschmerzen bekommt, wenn sie es macht, und die auch für ihn quälend sein muss, der fast zwanzig Zentimeter größer ist. Izzie planscht im Wasser, das dem Rand ihrer Gummistiefel näher kommt, als Claire für ratsam hält, es reicht eine etwas höhere Welle, nicht dass nasse Füße wirklich schlimm wären, Jon hat recht, die Kinder könnten mal nachmittags baden, wenn ihnen zu kalt wird, vielleicht auch heißen Kakao trinken, wobei es hier wahrscheinlich keinen gibt, es sei denn, jemand anders hat welchen im Schrank gelassen, genau solche Sachen lassen die Leute ja in den Schränken von

Ferienhäusern, aber nein, hier ist keiner, und der Griff ist wirklich klebrig, warum ist ihr das noch nicht aufgefallen? Sie säubert den Griff, und wo sie schon dabei ist, wo sie das Spray und das Tuch in der Hand hat, auch die anderen Griffe und die Backofentür, und dass das Wasser gekocht hat, ist jetzt schon eine Weile her und sie sollte nicht putzen.

Claire macht zwei Tassen Tee, in den größten Tassen, die sie finden kann, die aber immer noch ärgerlich klein sind und außerdem kariert, also alles andere als ordentliche Teetassen. Sie stellt sie auf die Theke, solange sie ihren geblümten Regenponcho anzieht und die überhaupt nicht dazu passenden geblümten Gummistiefel, die Izzie ihr an ihrem letzten Geburtstag ausgesucht hat, und dann geht sie raus, stellt die Tassen auf der Stufe ab, wo es hineinregnet, während sie die Haustür schließt, und trägt die Tassen vorsichtig über Kies und Gras und Steine bergab Richtung Strand. Sonst ist niemand draußen, und es ist klar, warum, nur mit kleinen Kindern hat man bei diesem Wetter draußen mehr Spaß als drinnen mit einem Buch und einer Tasse Tee, aber wenn alle Nachbarn drinnen sind, dann sind an jedem Fenster Beobachter. Da ist diese andere englische Familie, sagen sie, habe ich dir erzählt, dass er Lehrer in Edinburgh ist? Aye, alles voller Engländer mittlerweile, die ertragen ihr eigenes Land nicht mehr. Sieht man doch auf eine Meile Abstand bei dem mit der grünen Jacke da. Ihre Füße rutschen in den lila Tulpenstiefeln, eigentlich bräuchte sie ein zweites Paar Strümpfe, außerdem spürt sie durch die Sohle die Steine und auf dem Gesicht den Regen, der ihr schon aus den Haaren läuft. Noch drei Tage, denkt sie, und hier kommen sie nicht wieder her. An diesen Loch vielleicht schon. Er ist ja schwer zu umgehen, wenn man von Glasgow aus Richtung Norden fährt, und sie haben in den nächsten Jahren ganz Schottland zu erkunden, aber nicht hierher. Sie haben es jetzt gesehen, hier müssen sie nicht wieder her, und in ihrem Kopf steigen Blasen der Erleichterung auf. Bald zu Hause, wieder in der Wohnung mit den Holzböden, den hohen Decken und dem schönen alten Stuck, auch wenn der mal gestrichen werden müsste. Sie hat sich inzwischen dran gewöhnt, so viel Luftraum zu haben, aber als sie einzogen, fühlte sie sich ausgeliefert, fand es schwindelerregend, als könnte etwas auf sie niederstürzen, wenn sie mit Izzie auf dem Fußboden spielte oder in ihrem eigenen Bett lag, aber inzwischen fühlt sie sich eingeengt, wenn über dem Kopf nicht genug Raum ist. Die Steine tun ihr weh, durch die Gummisohlen. Ihre Brillengläser beschlagen vom Regen. Nein, hier kommen sie nicht wieder her.

Patrick bemerkt sie zuerst, und seine Aufregung bringt Jon dazu, sich umzudrehen, und Izzie winkt so heftig, dass sie im Wasser beinahe das Gleichgewicht verliert. Mummy, sagt sie, Mummy, schau mal, und Jon, der Patrick auf dem einen Arm hält und mit der anderen Hand den Tee entgegennimmt, gibt ihr einen Kuss auf die Wange. Pat zappelt, wirft sich in die Luft zwischen seinen Eltern, verschüttet den Tee seines Vaters. Sie werden sie nicht für immer so sehr lieben, denkt sie, ihren Sohn haltend, niemand, nicht mal die zukünftigen Versionen ihrer Kinder, werden je wieder so froh sein, sie zu sehen, wie heute.

Das Gewicht des Wassers

Das Licht ist, wie es am Morgen war. Diese Mittsommertage vergehen zu langsam, um es zu sehen, besonders durch die Vorhänge aus Regen und Wolken vor Wald und Ufer. In der Eiche sitzt ein Wanderfalke, unbemerkt. Wenn er nicht bald etwas jagt, wird er sterben, aber wenn er jetzt fliegt, wird ihn das Gewicht des Wassers zu Boden ziehen, wo die Dämmerung Unheil bringt: Füchse, Menschen und noch immer nichts zu essen. Jetzt einen kleinen Vogel, ein Eichhörnchen, schon eine Maus würde dem Falken ein paar Stunden Leben erkaufen, mehr Zeit, bis es aufhört zu regnen.

Einst stand nahe Semmerwasser

Sie kann es nicht finden.

In ihrer Zeichentasche ist eigentlich immer eins, irgendwo zwischen dem Zeichenblock und dem Federmäppchen, und meistens ist auch noch eins in dem Kästchen, aber heute nicht. Im Café muss sie doch noch eins gehabt haben, sie kann doch nicht die ganze Zeichnung ohne gemacht haben. Eigentlich. Versucht, es weniger zu benutzen, sagt Annie in der sich wöchentlich treffenden Gruppe, zeichnet einfach, was ihr seht, so, wie ihr es seht, korrigiert und kritisiert euch nicht dauernd selbst. Komisch, wie man gar nicht vermeiden kann, Zeichenstunden persönlich zu nehmen.

Man sollte meinen, Menschen über fünfundfünfzig malen vielleicht mit ihrem Unbewussten, mit ihrem unterdrückten Ich oder was auch immer. Man sollte meinen, oder vielleicht hoffen, dass die stillen Ehefrauen in ihren pastellfarbenen Pullovern mit ihrem beigen Make-up Scharlach- und Karminrot verspritzen und schwarze Linien mitten rein malen, dass die in langen Röcken und flachen Schuhen mit ordentlichen kleinen Bleistiftzeichnungen Leidenschaft für Ordnung verraten, und dass die beiden Männer – Kakihosen unter Achtmonatsbäuchen – eine Vorliebe für rasende Tänzerinnen und stürmische Himmel hätten. Manchmal verrät sich die Wildheit, die die Leute im Kopf mit sich herumtragen. Je älter sie wird, desto überzeugter ist sie davon, dass das alle betrifft, denn wie sich zeigt, hat man auch als kleine alte Dame noch Lust, mit dem Regenschirm auf Autos einzuschlagen, die auf dem Gehweg parken, und nach Handys zu greifen und darauf herumzutrampeln, wenn Leute im Bus laut telefonieren. Erst neulich stand Mary im Supermarkt in der Schlange hinter einem schwangeren Mädchen, und als sie fragte, wann das Kind denn komme, und kurz den Bauch berührte, so rund und fest, verwünschte das Mädchen sie mit Worten, die sie nicht wiederholen wird, und fing dann an zu weinen, direkt da vor den Müsliriegeln, und obwohl Mary das schockierte und aufbrachte, empfand sie auch ein kleines bisschen Bewunderung. Irgendwie heitert es sie auf, wenn es die unwahrscheinlichsten Leute sind, die im Stillen Amok laufen; Sheila Hepton vom Ende der Straße, Mutter von drei Jungs, die das Haus immer so ordentlich hält, dass man sich nicht traut, sich hinzusetzen, aus Sorge, ein Kissen zu zerdrücken, die in dreißig Jahren freundlicher Nachbarschaft noch nie ohne Lippenstift und Make-up gesehen wurde, und wie sich herausstellt, hat sie seit Jahren eine Affäre mit Alans Boss, und Mary hatte keinen Schimmer, bis Jeanne von nebenan es ihr erzählte. Aber warum sollten hohe Ansprüche bei Make-up und Haushalt auch mit hohen Ansprüchen in moralischen Dingen einhergehen, schließlich gibt es bei allen noch etwas hinter Mascara und gefalteten Handtüchern. Trotzdem. Nicht dass Mary es gutheiße, nicht dass sie so etwas wirklich für bewundernswert hielte, dann lieber Farbe verspritzen oder Radsport machen oder einen heruntergekommenen Bauernhof in den Bergen kaufen und zehn Jahre lang schrauben, verlegen und verputzen wie die McVeys, als seine Ehe wegen eines Mannes ruinieren, der auch nicht gut aussehender oder interessanter ist als der eigene Ehemann – und ein paar Jahre später ist Marys Ansicht nach sowieso niemand mehr gut aussehender oder interessanter als der eigene Ehemann. Von den Gewalttätigen und Gestörten mal abgesehen, ist Heiraten wie Wählen gehen – egal, wofür man sich entscheidet, vier Jahre später ist das Ergebnis im besten Falle leicht unbefriedigend. Jedenfalls drücken die meisten Leute auf dem Papier gar nicht ihr geheimes Ich aus, sondern zeichnen genau, was man erwarten würde, wenn man sie sich so anguckt, man kann im Bus jemanden sehen und eine vollkommen zutreffende Annahme über ihre künstlerischen Neigungen treffen, und deshalb braucht sie dieses Teil. Das Dings. Sie macht Sachen gern richtig. Sie will nicht um Fehler herum improvisieren, sie will es gleich richtig machen. Und es war hier, es war definitiv hier, und jetzt ist es nicht mehr hier, und sie verliert nie was, niemals, es kann ja nicht einfach verschwunden sein, hier sind ja keine Kinder, die Sachen durch die Gegend tragen, und hier ist auch keine Katze.

Sie weiß, dass es nicht in ihrer Handtasche ist, warum sollte es da sein, außerdem hat sie schon zweimal nachgeguckt, aber sie ist jetzt, denkt sie, in die rituelle Phase des Suchens eingetreten. Sie stützt sich im Vorbeigehen auf die Rückenlehne ihres Stuhls und trägt die Handtasche zum Tisch. Ihr jüngeres Ich hätte einfach alles auf die Tischdecke gekippt. Vielleicht hätte ihr jüngeres Ich auch anders gemalt, aber sie wird nie erfahren, was sie gemacht hätte, wäre sie nicht Arztgattin und Mutter von Melissa und Marcus. Sie zieht einen Stuhl hervor und setzt sich, und David, der in seinem Sessel ein Buch über die Zukunft des Landes liest, blickt auf und fragt, was sie macht. Kümmer du dich um deinen Kram, will sie sagen, sagt aber, ach, ich sehe nur meine Tasche durch, die wird etwas schwer. Das Ding suchen. Das Wort für das Ding suchen. Er würde sich nur Sorgen machen oder sie zum Arzt fahren, und die können ja nichts machen bei – na ja, bei dieser Sache. Falls es das ist.

Er grunzt und sieht aus dem Fenster. Sie denkt, besonders interessieren tut er sich ja nicht für das Buch, das aussieht wie ein weiterer Fünfhundertseitenschinken von einem weiteren – wie heißt das Wort – eingebildeten, eigensinnigen, nein, das andere, reich, wohlhabend, ha, von einem weiteren erfolgsverwöhnten *und* eingebildeten Engländer darüber, wie es mit der Welt zu Ende geht, weil niemand tut, was nach Meinung des Autors getan werden sollte – veraltete Ausdrücke für Insekten lernen oder auf allen vieren mit einer Holzbürste den Boden schrubben oder Babys Keimen aussetzen, meistens geht es um etwas, das Frauen oder die Unterschicht nach Meinung des Autors vor seiner Geburt gemacht haben. Sie weiß nicht, warum David die immer wieder kauft. Hält das alte Hirn am Laufen, sagt er, als wäre das bei ihr anders, als würde das ganze im Regen Rumlaufen und das Lesen langweiliger Bücher verhindern, dass er alt wird und sterben wird wie alle anderen auch. Aber egal, sie kann hier nicht den ganzen Tag rumsitzen. Warum steht ihre Handtasche auf dem Tisch, sie mag es nicht, wenn Taschen auf Tischen stehen, wenn sie kurz vorher noch auf dem Fußboden von Cafés und Fähren oder sogar öffentlichen Toiletten gestanden haben, man stellt schließlich auch nicht seine Schuhe auf den Esstisch. Sie steht langsam auf und lehnt sich an den Tisch, während die Hütte um sie herum kippt und wabert. Dramatisch ist es nicht, wie sich die Erde in letzter Zeit bewegt. Keine Erdbeben oder Bomben, nur so eine Instabilität, als wären alle Oberflächen in einem prekären Gleichgewicht und leicht zum Kippen zu bringen. Die Kinder hatten so was zum Spielen, eiförmige

Menschen, keine zehn Zentimeter groß, und wenn man sie zu Boden drückte und losließ, sprangen sie auf, wankten von einer Seite zur anderen und schaukelten, bis sie wieder aufrecht standen. Wie dieses Ding, das in großen Uhren hängt, das Pendel.

Sie trägt die Handtasche zu ihrem Sessel und geht in die Knie, um sie auf den Boden zu stellen, denn dort wird sie vermutlich das nächste Mal nach ihr suchen, wenn sie sie braucht. Leicht ist es nicht, wieder hochzukommen, nicht mal, wenn sie sich an der Rückenlehne festhält. Die Sachen befinden sich momentan manchmal nicht genau da, wo sie sie vermutet, als sähe sie alles aus dem Augenwinkel, als müssten ihre Hände und Füße jedes Mal raten. Draußen am Wasser sieht sie diese nette Familie, die in Nummer fünf wohnt, mit dem kleinen Mädchen und dem Jungen, der noch ein Baby ist, ungefähr der gleiche Abstand wie bei Marcus und Melissa. Damals hatten David und sie die Hütte noch nicht gekauft, erst nachdem Davids Vater gestorben war, da war Marcus vier – die Hütten waren da noch nicht mal gebaut, und wo sich jetzt die Ferienanlage befindet, war noch Wald, wie überall hier oben, nur der Pub ist alt, ihr Dad konnte sich noch erinnern, zum Pub hochgegangen zu sein, als die Straße noch ein Weg war und die Lieferungen per Boot kamen. Haben sie überhaupt Urlaub gemacht, als die Kinder so klein waren? Sie glaubt nicht, aber Familienbesuche, vor allem bei ihren Eltern, weil sie Davids sowieso jeden Sonntag sahen, aber David war nicht immer dabei. Er hat damals so hart gearbeitet. Sie ist mit den Kindern mit dem Zug gefahren, jetzt erinnert sie sich wieder, die Kinderwagen waren damals so riesig, praktisch zum Einkaufen und gut bei schlechtem Wetter, aber man konnte sie nicht einfach zusammenklappen und ins Auto tun oder sie in Busse und Züge heben, wie sie es heute sieht, sie hatte Marcus einfach auf dem Arm, und Melissa trottete neben ihr her, aber gab es denn damals noch Gepäckträger? David, fragt sie, gab es, als die Kinder klein waren, noch Gepäckträger an den Zügen, weißt du das noch, oder haben einem andere Leute geholfen, wenn es nötig war? Was, sagt er und lässt sein Buch sinken. Gepäckträger, sagt sie, seit wann gibt es die nicht mehr auf Bahnhöfen? Keine Ahnung, sagt er.

Der junge Mann da unten, der Vater, hält zwei Tassen, und er lächelt und spricht mit seiner Frau, und der Kleine hat sich um das Mädchen gefaltet und seinen Kopf auf ihre Schulter gelegt. Sie erinnert sich an dieses Gewicht, diese hängende Festigkeit und an den Geruch von Babyhaar. Enkelkinder wird es nicht geben, denkt sie, was albern ist, wenn man bedenkt, in welchem Alter die Leute heute noch Kinder kriegen, es ist noch Zeit, sogar für Melissa, obwohl Melissa ihre Kinder vermutlich in – na, dort kriegen würde. Eine von Queen Victorias Töchtern, aber nicht Neuseeland, die andere. Und Marcus wird jetzt, was, fünfundvierzig, was okay wäre, wenn er verheiratet wäre oder wenigstens mit jemandem zusammenleben würde, aber wenn man für all das ein paar Jahre einkalkuliert und mal annimmt, dass sie nicht viele Jahre jünger ist als er, dann läuft die Zeit davon. Als sie damals warteten, bis David seinen Abschluss hatte und seine Praxis eröffnete, hieß es, Mary wäre eine alte Erstgebärende, aber nach heutigem Standard – Melissa hat immerhin einen Freund, sie haben ihn im Computer gesehen, ein Mann mit Bart und einem dieser Neue-Welt-Namen, die eigentlich ein Nachname sind, oft auch eine Stadt. Warwick, das wars. Man stelle sich vor, man sieht sein Baby an und denkt, es soll Warwick heißen. Wissen die überhaupt, wie man das ausspricht? War-wick.

War wie Krieg, Wick wie der Docht, Kerzendocht, Kerzenhalter – die muss sie hier doch irgendwo haben, falls mal der Strom ausfällt, und Kerzen bestimmt auch, man hat ja nicht nur Kerzenhalter. Aus Zinn, mit Griffen, wie bei Teetassen. Sie wüsste gern, wie die Kinder am Ufer heißen, hoffentlich haben sie richtige Namen, Namen, die jahrhundertelang für alle gut genug waren, für Heilige und das Alte Testament, für Römer und Griechen, Ahnen. Melissa würde heutzutage wahrscheinlich einfach Honey heißen. In Frankreich können sie so was besser, da gibt es eine Liste mit Namen, die der Staat akzeptabel findet, das hält Leute, die es nicht besser wissen, davon ab, sich lächerlich zu machen, wobei – auf die verdammten Franzosen ist Verlass, gab es da nicht mal Ärger wegen Mohammed? Trotzdem, so gibt es jedenfalls keine französischen Babys, die Chardonnay heißen. Was wäre das dann, Miel, oder? Wie ein Staubsauger. So in der Art. Sie erinnert sich noch an Melissa mit Zöpfen und fehlendem Vorderzahn, *je m'appelle Melissa, j'ai huit ans, j'habite à Bearsden avec mon père, ma mère et mon frère.* Manche Dinge vergisst man offenbar nicht. Frag mich noch mal ab, Mummy, beim letzten Mal hatte ich zehn von zehn Punkten. Was man als Erstes zu sagen lernt: Hier bin ich. Ich kündige mich an. Ich heiße Mary, ich bin – aber das spielt keine Rolle, oder? Weiter. Noch nicht tot. *Je suis, tu es, il est. Nous sommes, vous êtes, ils sont.* Na bitte. Sie erinnert sich sogar an die *accents. Circonflexe.* Und sie kennt noch Gedichte, *Tief im Schlaf, tief im Schlaf, Tief im Schlaf liegt er, Der stille See von Sommerwasser, Still des Himmels Meer.* Sie in kurzen weißen Söckchen und dem Kleid, das ihre Mutter genäht hat, Millefleurs, mit roten Beeren drauf, betritt die Bühne und sieht in der Mitte der ersten Reihe ihre Eltern lächeln, Mum mit diesem Hut, Dad formt mit dem Mund Worte für sie. Nein, *Semmerwasser*, nicht *Sommerwasser*, es dauerte Ewigkeiten, bis sie daran dachte, es richtig auszusprechen, Dad hörte sie jeden Abend ab, wenn er von der Arbeit kam, und sechzig Jahre später sagt sie es wieder falsch. Oder fünfundsechzig. *Einst stand nahe Semmerwasser, Eine Stadt hoch und weit, Königs Zinne und Königins Zimmer, Die Mauerwacht bereit.* Und weiter? *Kam ein Bettler, lahm und wund, »Matt bin ich ohne Brot«. Königs Zinne und Königins Zimmer, Überließ'n ihn der Not.* Bitte schön, jedes einzelne Wort, sie kann es noch. Und dann füttert der Hirte den Bettler. *Sie gaben ihm vom Fladen, Sie gaben ihm vom Ale.* Und dann? Der Rhythmus wird komisch, das weiß sie noch, die Zeilen werden länger. Irgendwas mit *Schuppenschimmer* und *Flossenschein, Schilf und Schaft im Trüblicht. Und verlor'n die Stadt im Sommerwasser – Semmerwasser – tief im Schlaf, bis Gott sie richt'.* Eine wirklich seltsame Wahl für ein Kind, auch wenn sich die Leute früher über so was weniger Gedanken gemacht haben. Und die Lieder kann sie auch noch, den größten Teil des Gesangsbuchs, da würde sie wetten, samt der zweiten und dritten Strophe. *Und Zions heil'ge Hallen, von Jubelsang erfüllt. Jubelsang*, hat das Wort schon jemals jemand benutzt? Eins dieser Gesangsbuchworte. Und Weihnachtslieder, die Musiklehrerin mochte es nicht, wenn sie Zettel hielten, also lernten sie alles auswendig, alle Strophen, das musste man sogar, wenn man nicht im Chor war. *Unsre Augen solln einst sehen Lieb, die uns Erlösung bringt, denn dies Kind wird uns erretten: Für den Himmelskönig singt.* Der Boden wankt, und sie hält sich mit einer Hand am Vorhang fest, während sie leise vor sich hin singt, *der am Ende aller Zeit, führt uns in die Ewigkeit.* Flackernde Kerzen, unter den Füßen kalter Stein, Kiefernduft in der Luft.

Die Mutter hat sich jetzt auf einen Stein gesetzt und hat den Kleinen auf den Knien, neben ihr steht etwas, wahrscheinlich die Tasse, keine so gute Idee, wo die Tasse doch sicher zur Hütte gehört und sie für Zerbrochenes zahlen müssen. Der Vater zeigt dem kleinen Mädchen, wie man Steine hüpfen lässt, obwohl er es selbst nicht besonders gut kann. Wir waren genauso, denkt Mary, wir waren ganz genauso, obwohl ihr eigentlich keine einzige Gelegenheit einfällt, bei der David Zeit hatte, draußen mit dem Baby und dem Kleinkind zu spielen. Er muss es gemacht haben. Vielleicht so selten, dass es sich ihr nicht eingeprägt hat. Und später, als seine Praxis gut lief, hatte er manchmal freie Tage und ist in den Bergen wandern gegangen, bei jedem Wetter. Sie verstand ihn schon, er arbeitete die ganze Woche, hatte jedes zweite Wochenende Bereitschaft, warum sollte er da nicht einen Tag für sich haben, es war ja nicht jede Woche, aber sobald die Kinder zur Schule gingen, hätte sie mitkommen können, wäre er bereit gewesen, nachmittags zurückzukommen. Ihr hätte das gefallen, ein paar Stunden in den Campsie Fells, nachdem sie das Frühstücksgeschirr abgewaschen hatte und bevor sie wieder zum Schultor musste. Der Vater nimmt die Hand der Kleinen, zeigt ihr, wie man ausholt und den Stein über die Wellen gleiten lässt.

Was wollte sie hier noch mal? Wie spät ist es? Das Licht verändert sich überhaupt nicht an diesen tristen Sommertagen, Stunde für Stunde sickert graue Blässe durch die Bäume, der Himmel sieht beim Frühstück genauso aus wie beim Zubettgehen. Es regnet immer noch. Gleich fünf. Wenn sie was Kompliziertes zum Abendessen kochen würde, wäre es schon an der Zeit anzufangen, oder das Kochen jedenfalls vorzubereiten. Als sie einkaufen gefahren sind, hat sie einen

Plan gemacht, eine Liste mit Gerichten und Zutaten geschrieben. Im Gefrierfach ist doch noch Fisch? Und Kartoffeln, neue Kartoffeln im Sommer, und man darf jetzt wieder Butter essen, nach all den Jahren, in denen schon ein Blick auf die Verpackung töten konnte. In einem Topf auf der Veranda ist Minze, und sie erinnert sich, Gurken gekauft zu haben. Sie könnte jetzt die Kartoffeln putzen, Minzblätter pflücken und vielleicht mit dieser netten Familie plaudern, falls sie gerade zurückkommt, während sie draußen ist, herausfinden, wie sie heißen und so.

Mary will die Fenstertür öffnen, aber der Schlüssel lässt sich nicht drehen. David sieht sie über sein Buch hinweg an. Es ist schon offen, sagt er, warum willst du denn raus?

Sie weiß es nicht. Sie weiß nicht, warum sie bei dem Wetter die Tür öffnet. Wo will sie hin? Alles dreht sich.

Tief einatmen.

Um Blätter zu pflücken, sagt sie, für die Kartoffeln. Sie versucht, an der Tür zu ziehen, und es tut sich nichts, aber als sie dagegen drückt, geht sie auf, und der Nachmittag kommt feucht und kalt herein.

David hat sein Buch in den Schoß gelegt. Blätter, sagt er.

Sie gibt ein Lachen von sich. Ach, du weißt schon, sagt sie, für die Kartoffeln, so magst du sie doch gern. Butter und ein bisschen – wie heißt es noch.

Minze, sagt er. Butter und Minze. Wir haben seit Jahren keine Kräuter mehr da draußen, Mary. Weißt du nicht mehr, die Kaninchen sind rangegangen, sogar als die Töpfe oben auf Fensterhöhe standen.

Jetzt, wo er es sagt, fällt es ihr wieder ein, ja. Sie hat unpassend zur Jahreszeit Kränze aus Stechpalme und Weißdorn gemacht, die aber rein gar keine Wirkung hatten. Wahrscheinlich eher Eichhörnchen, sagt sie, ich bezweifle, dass die Kaninchen auf den Tisch geklettert sind. Na gut, dann keine Minze.

Nein, sagt er, heute keine Minze.

Er sieht sie immer noch an.

Sie erwidert seinen Blick nicht.

Wo die Leichen liegen

Im Schatten der großen Kiefer ist ein Ameisenhaufen, und in dem Ameisenhaufen ist eine Stadt. In der Stadt sind viele Räume: Kinderzimmer, Kornkammern, der Thronsaal und eine Krypta, wo die Leichen liegen, und in den Zimmern sind Arbeiterameisen, zweihunderttausend, und die geflügelte Königin.

Die Stadt ist nach Süden ausgerichtet, wegen der Wärme, ihr Dach schräg wie ein Solarpanel, um die Sonnenstrahlen im rechten Winkel aufzufangen. Die Temperatur sinkt, und eine Gruppe bringt die neue Brut in einen wärmeren Raum. Ihre Stadt ist gut gebaut, vor dem Wetter sind sie so weit in Sicherheit, die Siedlung ist mit Schilf gedeckt wie das Dach eines japanischen Palastes, um den Regen von einer Platte zur anderen zu leiten, bergab und durch den Boden ins Loch.

Sie verschließen die Eingänge und warten.

Wie das ist

Nimm das lieber nicht, sagt Mum, du zerkratzt das Backblech, das hat Antihaftbeschichtung. Becky lässt den Topfreiniger in die Waschschüssel fallen, die voll mit braunem Wasser ist, an ihren Händen kleben zerdrückte Erbsen und Kartoffelstückchen. Und wie soll ich es dann sauber kriegen, fragt sie. Muskelkraft, sagt Mum, was sie immer sagt, aufgepasst, ich will Wasser heiß machen.

Becky reibt mit der Bürste über das Blech, dessen Antihaftbeschichtung schon seit Jahren nicht mehr gut haftet. In den Borsten hängen Stückchen der Zwiebel von gestern, und sie wird die nicht rauszupfen. Ich will tot sein, hört sie ihren Kopf, ich will tot sein. Sie hat das »scharfe Messer« schon gewaschen, das kein bisschen scharf ist, von Tomaten abrutscht und Käse der Gewalt durch einen stumpfen Gegenstand aussetzt, außerdem ist es genauso schwer, sich mit einem Messer umzubringen, wie es offenbar leicht ist, jemand anderen damit umzubringen. Sie hatten in der Schule einen Präventionskurs, geleitet von so einem richtig heißen Typen mit Dreadlocks, der im Gefängnis war und ihnen nicht sein Leben wünscht, und Preti und alle saßen hinten und kicherten.

Ich will tot sein.

In Amerika, das weiß sie, kann man die Polizei dazu kriegen, einen zu erschießen, man muss nur die Hände in den

Taschen ein bisschen komisch bewegen, natürlich ein Horror, wenn man ein Spinner mit kalten Händen ist, aber Leuten, die suizidal sind, erspart es bestimmt viel Zeit und Stress. Sie wird diesen angebrannten Fisch mit der Bürste niemals vom Blech abkriegen, es ist komplett sinnlos, was Mum von ihr verlangt. Jetzt mach mal hin, sagt Mum, bei dem Tempo brauchst du den ganzen Abend, du musst auch nicht so eine Show daraus machen. Das Wasser kocht, und Mum greift um Becky herum – zu nah, ungewaschene Haare und dieses schreckliche Hippie-Deo – nach ihrer Schachtel mit Kräuterteebeuteln. Sie sucht sich jeden Abend einen aus, als wären die nicht alle gleich, als ergäben tote Blätter und heißes Wasser irgendwas Feierliches. Mum steht da, öffnet die Schachtel und steckt ihre Nase rein. Sie hat sich die Box für den Urlaub gegönnt, zu Hause kauft sie nur Supermarktkamille, die nach nassem Heu riecht, lose, weil Teebeutel schlecht für die Umwelt sind, was bedeutet, dass Mums Urlaubstee den Planeten kaputt macht, den Becky erben wird. Mmm, macht sie, den letzten mit Zimt hebe ich mir noch auf, ich sollte wohl Zitrone mit Ingwer nehmen, irgendwann muss ich den ja trinken, aber heute Abend vielleicht Minze und Fenchel. Becky könnte Mums komplettes System von Selbstbestrafung und -belohnung ruinieren, wenn sie sich morgens einfach eine Tasse Apfel-und-Holunder-Tee machen würde. Kauf eine Flasche Wein, denkt sie, oder Wodka. Geh in den Pub und gib dir mit Baileys die Kante. Iss eine ganze Packung Eis, aber werd nicht von Teebeuteln feucht, mein Gott. Pass auf, sagt sie, ich dachte, ich soll fertig abwaschen. Kein Grund, in dem Ton mit mir zu reden, sagt Mum und öffnet den kleinen Umschlag, als wäre ein goldenes Ticket drin, küsst ihren ekelhaften Teebeutel beinahe. In welchem Ton denn, murmelt Becky, und als Mum nicht antwortet, du weißt doch gar nicht, welchen Grund ich für meinen Ton hab.

Ich will tot sein.

Sie wird den angebrannten Fisch nicht abkriegen, ohne dass die Antihaftbeschichtung mit abgeht, und ist es nicht völlig egal, was an einem Backblech ist, bei zweihundert Grad wird doch eh alles sterilisiert, was das Abwaschen überlebt hat. Sie schiebt die Bürste im Kreis herum, bis Mum im Sessel sitzt – sollte Becky so alt werden, bringt sie sich an dem Tag um, an dem sie zum ersten Mal beim Hinsetzen ächzt –, dann kippt sie das schmutzige Wasser aus, spült das Blech unter dem Wasserhahn ab, sieht den Regenbogenfilm aus Öl glänzen und abfließen, und stellt es hinter den Stapel mehr oder weniger sauberen Geschirrs aufs Abtropfblech. Sie besucht einfach noch mal den Soldaten, denkt sie, mit einem Spinner in einem nassen Zelt zu sitzen, ist immer noch besser als das hier. Tot sein wär besser als das hier. Und so ein Spinner ist Gavin auch wieder nicht, er ist in Lennoxtown aufgewachsen, war auf der Hochschule, so weit, so normal, nur ist er dann zur Army gegangen und hat im Irak gekämpft, auch wenn er ihr nicht erzählen will, worum es da ging. Öl, sagt er. Geld. Die Politiker in London lügen. Das willst du gar nicht wissen. Er sieht immer weg, wenn sie Fragen zum Irak stellt, aber sie versucht es trotzdem, wie war es denn da? Hast du jemanden umgebracht, wollte sie fragen, denn stell dir mal vor, du sitzt mit einem Mann in einem Zelt, der jemanden umgebracht hat, und warum gehen Soldaten schließlich sonst irgendwohin, aber sie hat sich dann doch nicht getraut. Darüber rede ich nicht, sagte er, und jetzt musst du nach Hause, Mädchen. Beim nächsten Mal brachte sie ihm eine Packung Kekse aus dem Schrank mit und redete übers

Wetter und wie seltsam diese Ferienanlage war, wie sich alle gegenseitig beobachten und man nichts machen kann und wie das aber angeblich mehr Spaß machen soll als zu Hause sein. Er war definitiv glücklicher damit, über ihr Leben zu reden als über seins, sah ihr sogar ein oder zwei Mal in die Augen. Lass das nicht so, sagt Mum, das fällt alles um, benutz doch deinen Verstand. Manches muss abgetrocknet und weggestellt werden, du kannst nicht immer weggehen und alles so lassen. Ich will doch gar nicht weggehen, sagt Becky, ich hab nur das Blech hingestellt. Dann nimm es doch jetzt, sagt Dad, und trockne es ab und stell es weg, wie Mum es dir sagt. Sie will schreien. Sie will das beschissene Blech an die Wand schmeißen. Ich hab abgewaschen, sagt sie, Alex kann abtrocknen und es wegstellen. Oh, du meine Güte, sagt Mum, Rob, übernimm du, und Dad steht auf. Rebecca, kannst du nicht einmal machen, was man dir sagt, können wir nicht einmal eine Stunde Ruhe haben vorm Schlafengehen, ohne dass du Theater machst. Deine Mutter hat für dich gekocht, du bist zu alt für so was, du benimmst dich wie ein verwöhntes Kind, du kannst doch nicht erwarten, von vorne bis hinten bedient zu werden, und jetzt nimm das Handtuch und trockne die Sachen ab und stell sie weg, oder es gibt Ärger, verstanden? Nein, denkt sie, eigentlich nicht, ich verstehe nichts davon, dieses ganze Trara um Teebeutel und Abwaschen, das ist nicht normal, normale Eltern wären einfach froh, dass ich keine Drogen nehme oder mich durch die Gegend schlafe. Normale Eltern wären froh, dass sie überhaupt mit ihnen hier ist, in dieser blöden Hütte mitten im Nichts, keine ihrer Freundinnen muss so was machen. Was für Ärger denn, sagt sie, und Dad sieht Mum an und seufzt und setzt sich wieder. Ärger, den du nicht haben willst, sagt er, Ärger, bei dem man nicht ausgehen darf und kein Geld hat, und wenn du es drauf anlegst, auch kein Handy. Becks, mach es doch einfach.

Man kann ja überhaupt nicht ausgehen, sagt sie, wer will hier denn auch nur rausgehen, und falls es dir noch nicht aufgefallen ist, Handys bringen einem hier überhaupt nichts, ich mache nicht mal Fotos, weil wer will sich an das hier schon erinnern, oder soll ich Regen vor Bäumen posten und noch mehr Regen und noch ein paar Bäume und noch ein bisschen Regen vor Bäumen, Hashtag Sommerferien, Hashtag Familienspaß.

Ach, hör auf, sagt Dad, es reicht. Ich bin ein Mann mit vielen Talenten, aber das Wetter kann ich nicht kontrollieren, nicht mal für dich. Ich verspreche dir, Prinzessin, sobald es mir gelingt, die Sonne zum Scheinen zu bringen, tue ich es. Und jetzt trockne ab, Becks, bitte.

Becky hebt das feuchte Küchenhandtuch auf, auf dem eine Karte vom Loch ist, und trocknet das Backblech ab. Sie wird definitiv Gavin besuchen, vorausgesetzt, er ist da, aber wo sollte er sonst sein, an einem Tag wie diesem, allerdings geht er auch bei Regen raus. Muss man ja wohl auch, man kann ja nicht den ganzen Tag im Zelt liegen. Er pflückt Beeren, er hat diese schmierigen Gläser dabei, von denen sich die Etiketten lösen, wahrscheinlich aus dem Pub, Gurken- und Mayonnaisegläser voll mit Blaubeeren und orangenen Vogelbeeren, die so gar nicht essbar aussehen, aber irgendwoher muss er auch Geld kriegen, denn es liegen auch Suppen- und Süßigkeitenverpackungen rum, die ganz billigen Eigenmarkendinger aus dem Supermarkt am Ende vom Loch. Wenn Mum und Dad nicht ständig hier wären, könnte sie ihm ein paar Brote machen.

Etwas Schwarzes, das sie nicht bemerkt hatte, hat sich gelöst und klebt am Handtuch, aber das muss sowieso gewaschen werden. Dad hat ihr schon mal eine Woche das Handy weggenommen, da hatten sie ihr nachspioniert und rausgefunden, dass sie während des Unterrichts was gepostet hatte, woran aber die Schule schuld war, weil der Unterricht so langweilig war, außerdem passen die Lehrer ja wohl auch nicht gut auf, wenn sie nicht mal merken, dass die halbe Klasse am Handy ist, und die werden schließlich dafür bezahlt. Also hat sie sein Handy aus seiner Jacketttasche gezogen und es als Geisel genommen, und als sie weg war, ist er in ihr Zimmer gegangen und hat sein Handy gefunden und noch ein paar private Sachen und sie war so sauer, dass sie vor ihm ihren Kopf an die Wand gehauen hat und er hat geschrien, sie wäre verrückt und hysterisch und dann haben sie sieben Tage nicht miteinander geredet, bis sie eines Nachmittags ihr Handy auf ihrem Bett vorfand, als sie aus der Schule kam, mit so einer blöden schmalzigen Nachricht von Dad.

Mum schnieft und schlürft dann seufzend ihren Tee. Sie kann unmöglich müde sein, sie haben die ganze Woche nichts gemacht. Obwohl Becky müde ist, denkt sie, sie wäre jetzt am liebsten unter ihrer Decke und würde tagelang da bleiben, bis zum Ende dieser angeblichen Ferien, bis sich die Jahreszeit in ihrem Kopf verändert und ihr wieder danach ist, aufzustehen, aber vielleicht ist das auch nie. Sie hat sich mal mit Dad eine seiner dummen Tierdokus angesehen, sie weiß nicht mehr, warum, ihr muss sehr langweilig gewesen sein, und da war diese arktische Wühlmaus, die neun Monate im Jahr schläft und praktisch tot ist, ihr Herz schlägt nur noch vier Mal pro Minute, gerade noch oft genug, dass das Blut in ihren Adern nicht erstarrt, sie muss nur alle paar Tage mal so weit wach werden, dass sie ungefähr eine halbe Stunde lang zittern kann, damit sie nicht wirklich stirbt, und wenn sie das könnte, denkt sie, wenn sie einfach nicht-tot sein könnte, bis sie erwachsen ist, dann könnte sie vielleicht weitermachen. Nur dass man dann mit achtzehn ohne Abi aufwachen würde, und wenn die Lehrer recht haben, wäre es dann besser, man wär tot.

Sie schiebt das Blech so in den Ofen, dass es hinten gegen stößt, und noch während Mum aufspringt, knallt sie die Backofentür zu. So, sagt sie, okay, kann ich dann jetzt gehen, oder soll ich vielleicht erst noch den Boden schrubben? Also, wenn du es anbietest, sagt Dad, bitte, gerne, aber Mum sagt, Rob, ärger sie nicht, geh ruhig, Becks, geh doch zu Alex in den Pub, nimm dir ein paar Pfund mit für eine Flasche Gingerale. Und nimm dein Handy mit, guck, was deine Freunde machen. Geh doch zu *Alex* in den *Pub*, denkt sie, das kann nicht euer Ernst sein, außerdem schüttet es immer noch dermaßen, dass sie nicht mal fürs WLAN kurz in den Biergarten gehen kann, außerdem ist ihr gar nicht nach ihrem Handy, ist ja nicht, als hätte sie irgendwem was zu sagen. Es regnet immer noch. Ihr ist immer noch langweilig. Sie teilt sich immer noch ein Zimmer mit ihrem Bruder, igitt. Jamila hat Becky jetzt seit Monaten nicht gesehen; ihre Eltern haben es endlich geschafft, wieder nach Indien zu ziehen, »zurück nach Indien«, wie sie sagen, bessere Möglichkeiten für die Kinder heutzutage, aber für Jamila ist es kein »zurück«, und sie will keine besseren Möglichkeiten, sie will einfach ihre Freunde. Aber wenigstens sieht sie was von der Welt. Besser, man beschwert sich über die Hitze und neugierige Tanten als über Regen und Mums blöden Hippietee. Tanyas Mutter bezahlt sie (wenn auch nicht gut), damit sie sich um ihre kleinen Brüder kümmert, Megan ist zu Hause und hat es von ihnen allen am besten, weil ihre Eltern den ganzen Tag bei der Arbeit sind und ihre Schwester letztes Jahr ausgezogen ist, sodass sie praktisch machen kann, was sie will, also den ganzen Vormittag schlafen und Videos von sich selbst hochladen, wie sie Gesichtsmasken aus komischen Sachen macht, die sie im Bioladen kauft.

Ich verstehe immer noch nicht, warum wir hier kein WLAN haben können, sagt Becky und lehnt sich an die Arbeitsplatte, sodass sie ihr in die Hüfte drückt und wehtut, dann müssten wir nicht ständig in den Pub, ihr wisst doch, dass Alex irgendwann versucht, da ein Bier zu kriegen, ihr treibt uns ja praktisch zum Trinken, und ich wette, man bekommt da auch Gras, wenn man weiß, wen man fragen muss, und ihr erzählt uns doch ständig, das ist nicht mehr wie das Zeug, das es gab, als ihr in unserem Alter wart, was, wenn er Halluzinationen kriegt und paranoid wird und bipolar, würdet ihr euch dann nicht wünschen, ihr hättet einfach für den Breitbandverstärker bezahlt? Ich führe jetzt nicht wieder das WLAN-Gespräch, sagt Mum, du kannst dich gern zu uns setzen, wenn du mal eine halbe Stunde aufhörst, dich zu beklagen, oder du kannst in dein Zimmer gehen oder in den Pub. Das sind die Möglichkeiten. Ganz bestimmt nicht, denkt Becky, ihr habt keine Ahnung und ich hasse euch, ich hab nie drum gebeten, geboren zu werden, ihr habt keine Ahnung, wie das ist, heute ein Teenager zu sein, als ihr jung wart, gab es ja nicht mal Facebook, aber genau das hat sie letzte Woche schon gesagt und ihre Eltern haben »Bingo« geschrien und gelacht, und obwohl sie damit bestätigten, was Becky gesagt hatte, weinte sie, und dann tat es Mum leid und sie versuchte, sie in den Arm zu nehmen, obwohl sie sie ja erst zum Weinen gebracht hatte. Gut, sagt sie, und schafft es trotz des dicken Teppichs, die Tür ordentlich zuzuknallen.

Becky lässt sich mit dem Gesicht nach unten aufs Bett fallen, aber gleich, wenn sie so weit ist, macht sie sich auf den Weg zu Gavins Zelt. Mal so richtig toll ausgehen. Die Matratze ist härter als zu Hause, ihre Brüste, die heute empfindlich sind, tun davon weh. Sie drückt ihr Gesicht ins Kissen und fragt sich, wie Leute davon sterben können, Kissen im Gesicht zu haben – ein Kissen ist doch nicht luftdicht, sie kann dadurch deprimierend gut atmen, warum können das dann andere nicht? Wie alles hier riecht das Kissen nach Plastik und Schimmel, das ganze Haus, die ganze Hülle ihrer sogenannten Ferien ist notdürftig und schäbig. Schrott, denkt sie. Dad hat schon mehr als einmal gesagt, das Ganze würde, wenn es brennt, lodern wie Papier, würde die Vorschriften von heute nicht erfüllen, mit einem einzigen Streichholz, solchen, wie sie in der Küche liegen, könnte sie dem Ganzen ein Ende machen – nicht dass sie nicht schon drüber nachgedacht hätte. Die Vorhänge anzuzünden, die noch aus Omas Haus stammen und so alt sind, dass sie tatsächlich Löcher haben, und auch wenn Mum sagt, man würde sie nicht sehen – man sieht sie. Die kommen garantiert aus der Zeit, bevor es feuerfestes Material gab, in ein paar Minuten wäre alles vorbei. Flammen, die durch die blauen Blumen kriechen und sie auffressen, Rauchschlieren unter der feuchtfleckigen Zimmerdecke. Der Heizkessel ist ein Stück weiter vorn an der Wand, und draußen ist eine Gasflasche angeschlossen, die Ersatzflasche ist im Außenschrank an der Rückwand des Zimmers, in dem Alex und sie schlafen. Die bräuchte sie nur anzuzünden, und all ihre Probleme hätten ein Ende.

Ihr Gesicht wird heiß. Sie rollt sich herum. Sogar die Decke ist feucht, es sickert von draußen rein, von ihrem Bett aus sieht sie das Fenster voller Regen, ein Stück vom Küchenfenster der Nachbarhütte und eine Ecke dunkelgrauen Himmel. Der Ausblick, den sie schon ihr ganzes Leben hat, in jedem einzelnen Sommer. Sie weiß noch, wie sie immer zu Bett gehen musste, wenn es draußen noch taghell war und sie die anderen Kinder am Ufer spielen hören konnte. Du brauchst deinen Schlaf, sagte Mum immer, für die Kinder anderer Leute bin ich nicht verantwortlich, aber sie wusste schon damals irgendwie und weiß heute mit Sicherheit, dass sie sie nur loswerden wollten, um – was, wahrscheinlich Kräutertee zu trinken. Kreuzworträtsel zu machen. Die Familie, die die Hütte nebenan mietet, hat Licht gemacht, was Mum für Verschwendung halten würde. Diese langen Sommertage, sagt sie, selbst wenn es bewölkt ist, ist es ewig hell, warum soll man sich mit elektrischem Licht blenden, wo man doch den ganzen Winter über genug künstliches Licht hat? Einfach, damit man was sehen kann, denkt Becky, einfach, weil es vielleicht verdammt deprimierend ist, im Dunkeln in einer winzigen feuchten Hütte rumzutasten, meilenweit entfernt von allem, wo man genauso gut zu Hause sein könnte, in normal großen Räumen und mit einer zweiten Toilette, sodass man nicht immer die Kacke seines Bruders riechen muss und normalen Internetzugang hat oder wenigstens mobile Daten, sodass man nicht das Gefühl hat, man wäre tot. Sie will nach ihrem Handy greifen, und sei es nur, um sich Fotos anzusehen, aber es hat keinen Zweck.

Ich will tot sein.

Dann täte es ihnen wahrscheinlich leid, aber vielleicht würde Dad auch nur sagen, sie war dumm und verrückt, denn als sie ihren Kopf an die Wand gehauen hat, tat es ihm jedenfalls nicht leid. Sie hat auch schon versucht, sich die Pulsadern aufzuschneiden, das machen alle Mädchen, und für ein Weilchen fühlt man sich besser, aber man verliert längst nicht so viel Blut, dass man sterben würde. Jamila hat letztes Jahr eine Überdosis genommen, aber dann hat sie Magenschmerzen bekommen und Angst und hat es ihrer Mum gesagt und wurde ins Krankenhaus gebracht, wo alle sich über sie geärgert haben, und sie pumpten ihr ohne Beruhigungsmittel oder Narkose oder so den Magen aus und gaben ihr dieses schreckliche schwarze körnige Zeug zu trinken, und Jamila wusste nicht mal, ob das als Strafe gedacht war oder irgendwas besser machen sollte. Als Becky und Bridget sie danach endlich besuchen durften, sagte sie nur, beim nächsten Mal werd ich bestimmt niemandem davon erzählen, entweder man lässt es, oder man zieht es durch. Irgendwann, denkt Becky. Unter dem Waschbecken ist Bleiche, soweit sie weiß, in der Schublade sind Messer, auch wenn die bisherige Erfahrung gezeigt hat, dass es ziemlich schwer ist, sich selbst die Pulsadern zu durchtrennen, wenn man nicht gerade unter Drogen steht oder sonst irgendwie high genug ist, um den Schmerz nicht so zu spüren, aber auch wieder nicht so high, dass man nicht in der Lage ist, es durchzuziehen. Sie hat sogar Paracetamol in ihrer Handtasche, gegen Regelschmerzen, hat sie zu Mum gesagt, und manchmal nimmt sie dagegen auch eine, aber vor allem ist es schön zu wissen, dass sie sie hat, dass sie, wenn ihr danach wäre, nicht mal in den Laden müsste, wo sie einem nicht zwei auf einmal verkaufen, falls man suizidal und organisiert genug ist, Tabletten zu kaufen, aber nicht so organisiert, dass man auf die Idee kommt, die zweite Packung in einem anderen Laden zu kaufen. Das würde vielleicht funktionieren, wenn sie in irgendeinem Winzdorf wohnen würde, in dem es nur einen Laden gibt und nicht mal eine Tankstelle, aber in dem Fall hätte sie sich wahrscheinlich schon vor vielen Jahren umgebracht.

Okay. Scheiß drauf. Becky reibt sich mit dem Handrücken über die Nase und setzt sich auf. Lippenstift. Alles andere hat keinen Sinn, bis sie beim Zelt ist, wäre ihr ganzes Gesicht verschmiert, aber sie verteilt Serum in den Haaren und bürstet sie glatt, sie mag den Duft. Ihre Jacke hängt neben der Haustür, deshalb nimmt sie Alex' Hoodie, den er auf seinem Bett liegen lassen hat, zieht ihre Turnschuhe an, klettert über sein Bett – Fußabdruck auf dem Laken, seine Schuld, dass er das Bett heute nicht gemacht hat –, öffnet das Fenster und springt raus. Sie stößt sich den Oberschenkel am Sims und ihre Knöchel schmerzen; es ist viel höher, wenn man rausspringt, als wenn man reinhüpft, aber sie will auf keinen Fall, dass ihre Eltern denken, sie würde machen, was sie vorgeschlagen haben, und doch zu Alex in den Pub gehen, und schon gar nicht wird sie ihnen sagen, wo sie hingeht.

Natürlich ist es noch hell, als würde dieser verdammte Tag niemals enden, und es regnet auch noch. Sie geht um ihre Hütte herum und über die Wiese vor der Nachbarhütte, es wird sie ja wohl kaum jemand beobachten, gibt ja auch keinen Grund, warum sie nicht draußen sein sollte, aber diese Engländerin mit dem Baby hat schon mal versucht, mit ihr zu reden, total bevormundend, wie so eine Lehrerin. Wie gefallen dir die Ferien, ist das Wetter nicht schlimm, mit den Kleinen können wir wenigstens in den Pfützen spielen, aber dir kann das ja keinen Spaß machen. Schon okay, sagte Becky, wir sind ja von hier, wir sinds gewohnt. Verpisst euch doch nach England, wenn es euch hier nicht gefällt, sagte sie nicht. Oh, ich lebe auch hier, also, in Edinburgh, sagte die Frau, aber das Wetter wird dort wohl kaum anders sein. Kommst du dann aus Glasgow? Aye, sagte Becky, frae Glesga, ganz richtig, Schätzchen. Von ihrem Dach hat sich ein Ziegel gelöst und es regnet in die Lücke.

Am besten geht sie hinter der Hütte der Ukrainer lang, falls Mum noch rausguckt, obwohl sie ganz gern vorne langgehen und mal gucken würde bei den einzigen Menschen zwischen Glasgow und dem verdammten Island, die ein bisschen Spaß haben. Sie hat die ganze Nacht wach gelegen und gelauscht und gedacht, sie und Alex sollten sich einfach wieder anziehen und mal vorbeigucken, das klang nach einer exzellenten Party, und schlafen konnte dabei ja sowieso niemand. Am ersten Tag hier hatte Becky ein bisschen mit der Mutter geredet, sie hatte die Frau im Vorbeigehen am offenen Küchenfenster abwaschen und mit dem kleinen Mädchen reden sehen, das draußen spielte. Es klang ein bisschen wie Polnisch, also sagte Becky »dzień dobry«, nur um zu sehen, ob es funktionierte. Das hatte sie in der Schule gelernt, als sie ein großes Plakat machen mussten, auf dem in den Muttersprachen von allen aus ihrem Jahrgang Hallo stehen sollte, und wie sich zeigte, hieß es praktisch in allen osteuropäischen Ländern dasselbe, aber sie wird wohl kaum jemals Gelegenheit haben, es in einem davon auszuprobieren. Das kleine Mädchen hatte innegehalten und sie angestarrt, und die Mutter war richtig überrascht und legte ihre Schrubbbürste weg und beugte sich so weit aus dem Fenster, dass ihr Oberkörper im Spülwasser hing, aber natürlich konnte Becky dann nichts weiter zu der Frau, Alina, sagen und musste dann Englisch reden. Wie sich herausstellte, war sie Ukrainerin, nicht Polin, und das Erste, was sie sagte, war, sie sei seit zwanzig Jahren hier und würde Steuern zahlen, als würde Becky das interessieren. Sie hat Becky auch nicht eingeladen. Aber es brennt sowieso gerade kein Licht und das kleine Mädchen hat Becky schon seit ein paar Tagen nicht mehr gesehen, vielleicht ist sie mit einem der Gäste zurück nach Glasgow gefahren, hier kann es für sie jedenfalls nicht besonders lustig sein. Na ja, es ist ja für niemanden besonders lustig. Sie zieht sich die Kapuze über den Kopf, bevor ihr noch das ganze Serum aus den Haaren gespült wird. Nichts verändert sich. Die Wolken bewegen sich nicht, es wird nicht mal dunkel, und außer ihr ist niemand draußen. Wie sollen sie mitkriegen, wenn irgendwo ein Massensterben im Gange ist, wie soll das laufen ohne Handys?

Sie geht vor der Hütte der alten Leute lang, auch wenn sie gar nicht zum Ufer runtermuss, einfach, damit sie denen durchs Bild laufen kann, und das gar nicht mal schnell. Besteht ja schließlich kein Grund zur Eile. Sie sitzen auf Alte-Leute-Stühlen und haben beide eine von diesen furchtbaren Alte-Leute-Zahnarzt-Lampen, die die Bücher auf ihrem Schoß beleuchten, als wollten sie Füllungen machen und nicht Seiten umblättern. Die jungen Leute heutzutage, murmelt sie, verschandeln unsere Landschaft mit ihren schrecklichen Klamotten, Schuhe wie Kühlschränke. Das sagt ihre Oma, ich versteh nicht, warum du keine hübschen Schuhe tragen willst, als ich in deinem Alter war, habe ich mir nichts mehr gewünscht als Schuhe mit Absätzen, ich verstehe nicht, wie dein Vater zulassen kann, dass du so das Haus verlässt, nichts über dem Allerwertesten als eine Strumpfhose, ich hätte das nicht geduldet. Becky starrt hin und gähnt herzhaft, ohne die Hand vor den Mund zu halten, und der alte Mann blickt von seinem Buch auf und starrt zurück. Er sieht aus, als wäre er im Fernsehen, denkt sie, so beleuchtet hinter Glas, als würde sich als Nächstes hinter ihm jemand mit einem stumpfen Gegenstand anschleichen. Sie geht neben dem Schotterweg entlang, obwohl bei dem Wetter sowieso niemand ihre Schritte hören würde, an der Hütte mit der traurigen Frau vorbei, die nie rausgeht und zwei Kinder hat. Sie essen noch Abendbrot, die Szene erinnert sie an ihr altes Playmobil-puppenhaus, die steifgliedrigen Figuren, die man um einen grünen Plastiktisch setzen konnte, das winzige Plastikbesteck, von dem Mum immer sagte, sie solle es nicht verlieren. Ihre Leggings sind vom Regen vollkommen nass, und die Bündchen von Alex' Hoodie kleben an ihren Händen. Vielleicht zieht sie ihn aus, wenn sie da ist, vielleicht zieht sie beim ins Zelt krabbeln in einer einzigen Bewegung den Hoodie und ihr T-Shirt aus und wirft ihr Haar zurück – sie probiert, ihr Haar zurückzuwerfen, hat allerdings die Kapuze noch auf – und der Soldat packt sie und sie küssen sich, obwohl er eigentlich alt und seltsam ist und trotz allem, was man über alte Männer sagt, weist bisher nichts darauf hin, dass er sie küssen möchte, ihn interessiert vor allem, was sie sagt, und das ist jedenfalls mal eine Abwechslung von Mum und ihrem Gelaber über Recycling und Nachhaltigkeit und warum sie keine Frischhaltefolie mehr benutzen dürfen.

Becky überquert die Straße, deren Schlaglöcher voller Wasser sind, und verschwindet zwischen den Bäumen.

Dunkelheit dehnt sich aus

Tief im Wald dehnt sich die Dunkelheit aus. Sie sammelt sich unter nassen Ästen und zwischen schweren Blättern. In ihrem Bau entrollen sich die Dachse, schnuppern die Luft und stapfen in den Abend hinaus. Die Füchsin rührt sich und streckt sich nach ihren Jungen, um sie zu säugen. Sie hat Hunger, und als sie fertig sind – bevor das langsame Kleinste fertig ist –, schüttelt sie die Kümmerlinge ab, stupst sie tiefer in die feuchte Wärme und erhebt sich.

Die Füchsin schlängelt sich durch die Dämmerung, schnell und leise. Die Spuren kleiner Wesen sind fortgespült, und kleine Vögel sind nicht unterwegs. Sie schnappt sich eine fette ertrunkene Schnecke und trabt weiter. Sie kennt einen Ort mit Speckschwarte, alten Brötchen, einem kühlen Festmahl aus Fischhaut und Kartoffelschalen. Solange die Jungen bleiben, wo sie sie zurückgelassen hat, solange in ihrer Abwesenheit keine Eule durch die Nacht jagt, solange sie beim Überqueren der Straße kein spätes Auto erwischt, wird sie zurückkehren und sie wieder füttern.

Sich seine Tornados vom Leib halten

Josh mag dieses Wetter nicht. Klar mag er dieses Wetter nicht, er ist ja kein Masochist, und anders als seine Mum glaubt er auch nicht heimlich, der Regen sei von Gott geschickt, damit Schotten bloß nicht sündhaft viel Spaß haben. (Aber er sollte nicht so gemein sein, schließlich hat sie ihm die Schlüssel in dem Wissen übergeben, dass sündhaft viel Spaß exakt war, was ihm vorschwebte, und dafür hätte sie von ihrer Mutter ein volles Jahr vor der Hochzeit ziemlichen Ärger bekommen.) Aber letztes Jahr um diese Zeit war es genau doppelt so warm wie jetzt. Als er auf den Ben gestiegen ist, hat er einen Sonnenbrand bekommen. Er hatte immer eine Flasche Wasser dabei. Am ganzen See sind die Leute schwimmen gegangen. Wasser und Himmel waren blau, und er erinnert sich, fast einen halben Nachmittag einfach auf einem flachen Felsen ein paar Meilen den Uferweg runter gesessen und die Blätterschatten auf Sand und Steinen und die Vögel auf dem Wasser beobachtet zu haben und sich dabei zu fühlen, als würde seine Haut mit dem Sonnenlicht Fotosynthese betreiben. Es fühlte sich gut an, genau richtig, aber es hatte auch zum ersten Mal ein Bewässerungsverbot gegeben, sogar auf den Inseln, auf denen die Leute gar keine Schläuche haben, weil sie normalerweise nicht mehr Wasser brauchen, als der liebe Gott auf ihre undichten Kapuzen und Schulternähte zu schütten beliebt. Auf gewisse Weise fühlt sich dieses Jahr sicherer an als letztes, als wäre der Klimawandel weniger schlimm, wenn es kalt und nass ist, aber diese Art Dauerregen ist nicht gut. Es ist, als wäre das Wetter hängen geblieben, als wäre das ganze Zusammenspiel, der Golfstrom und die Weltraumwinde, der ganze Wasserkreislauf, Sachen, die wir gar nicht bemerken, zum Stehen gekommen. Woanders müsste das Wasser doch ausgehen. Es ist ja nur so und so viel im System.

Er hat gesagt, er würde heute Abend kochen, deshalb blättert er in dem Kochbuch, das seine Mum hier hat, obwohl er schon genau weiß, was er machen wird. Überraschungspasta nennen sie das: ein paar Zwiebeln (sie keimen ziemlich, aber das ist okay, man kann das Grüne essen), rote Paprika ohne die weich gewordenen Stellen, Knoblauch, der ebenfalls keimt, runzlige Pilze, was aber egal ist, wenn sie gekocht sind, eine Dose Tomaten. Es wird seinen Zweck erfüllen, aber Milly hat recht, morgen müssen sie wirklich einkaufen fahren. Er ist einfach so gerne mit ihr hier, vormittags schlafen und nachmittags Sex, die Welt dreht sich darum, zusammen im Bett zu sein, er will den Zauber nicht brechen. Sie werden noch früh genug wieder unter Leute müssen, wahrscheinlich gibt es im ganzen Leben nur wenige Tage wie diese, Tage, an denen deine Hauptbeschäftigung Liebe ist. Das Goldfischglas brechen, meinst du wohl, sagte Milly, die Glasglocke, wenn wir zum Bahnhof fahren, brauchen wir keine Stunde mehr bis Glasgow und könnten ins Kelvingrove Museum gehen oder in die Women's Library, da ist gerade so ein Festival. Sie braucht ihre Freundinnen, ihren Stamm. Er hat ja nichts gegen Frauen oder Bibliotheken oder Festivals, gar nicht, er will nur einfach nicht hin. Es ist einfach nicht seins, so wie sie keine Lust hat, zum Fußball zu gehen, außerdem sind sie im Urlaub, da macht man Sachen zusammen. Am Wochenende hat er ein Spiel verpasst und es nicht mal erwähnt. In dem Kochbuch sind mehr Fotos als Worte. Lammbraten mit Aprikosen, seltsame Vorstellung, so was hat seine Mum nie gemacht, schon gar nicht hier, wo sie nie viel Aufwand treibt, Tiefkühl-Pie und Fischstäbchen, schließlich ist es auch ihr Urlaub. Geräucherte Schellfischküchlein, die sehen langweilig aus. Quiche mit Brokkoli und Stilton, so was mag Milly. Allerdings hat er noch nie einen Teig gemacht, außerdem haben sie keine Eier mehr. Wir könnten ja in den Pub gehen, sagt er, wenn du Lust hast, auszugehen, die haben auch Essen.

Milly blickt auf und versucht, sich zu orientieren, als hätte er sie ganz woanders hergeholt, dabei weiß er, dass sie das Buch in dieser Woche schon zum zweiten Mal liest. Ich hab bald keine richtigen Bücher mehr, sagt sie immer wieder, wenn du WLAN hättet, könnte ich mir wenigstens E-Books runterladen. *Richtige Bücher* heißt Papierbücher, die zu Hause ihre gesamte Wohnung übernommen haben, sogar in der Küche fangen sie an, sich zu stapeln. Wenn sie ihr eigenes Haus haben, auf der Insel, baut er ihr so viele Regale, wie sie will. Manchmal zeigt sie ihm Bilder in Zeitschriften, Häuser mit Regalen entlang der Treppe und über den Türen, er hat so was noch in keinem Haus gesehen, aber für sie könnte er so was machen. In den Pub, sagt sie, hmm. Ist denn die Straße runter noch was, Richtung Dorf? Er zuckt mit den Schultern. Noch ein Pub, sagt er. Nicht dass ich nicht gern kochen würde, ich dachte nur, wenn du rauswillst … sie betrachtet das Wetter, den vom Dach tropfenden Regen und den verschwommen hinter den Bäumen liegenden See. Nee, sagt sie, sparen wir das Geld lieber und gehen ein andermal richtig aus, irgendwohin, wo es gut ist. Es muss doch irgendwas geben, vielleicht auf der anderen Seite, an der Hauptstraße. Ich hab mir die Karte von dem Pub hier angeguckt, da ist Überraschungspasta zu Hause besser.

Mit seiner Mum und seinem Dad war er in dem Pub hier, das war immer was Besonderes.

Sie greift wieder nach ihrem Buch. Sie igelt sich im Sessel seiner Mum ein wie eine Katze, die Füße angezogen. Er denkt daran, wie sie vorhin unter ihm lag, der Länge nach ausgestreckt, die Haare das Hellste im ganzen Raum. Vielleicht nachher wieder. Um sie ein bisschen abzulenken. Er nimmt die Zwiebeln aus dem Schrank und köpft sie. Er betrachtet sie beim Lesen, solange sie nicht merkt, wie er sie bewundert, und sich komisch fühlt.

Sie blickt auf. Da ist dieses Mädchen, sagt sie, das so unglücklich ist. Ich wär auch unglücklich, wenn ich in ihrem Alter hier mit meinen Eltern festsitzen würde.

Er schneidet die Paprika, sieht, wie sie in die Kratzer auf dem weißen Plastikschneidebrett seiner Mutter blutet. Seine Mutter mag keine Paprika. Fleisch und Kartoffeln und grünes Gemüse, ist ja auch in Ordnung. Welches Mädchen, sagt er, mehr um das Gespräch am Laufen zu halten, als weil er es interessant fände, dass ein Mädchen über die Wiese läuft. Zwei Hütten weiter, sagt sie, ihr Bruder hat dieses rote Kanu. Er zuckt mit den Schultern. Hier toben immer irgendwelche Kinder am Strand rum. Er und Kieran haben da Stunden verbracht, als sie klein waren, haben auf der Schaukel oder einfach mit Steinen gespielt und rumgeplanscht. Vorhin, als er die Wäsche reingeholt hat, die Milly so optimistisch rausgehängt hatte, hat er unten Kinder gehört, irgendein Kriegsspiel, viel Geschrei. Aber besser, als wenn sie drinnen oder am Bildschirm Kriegsspiele spielen, oder? Auf der Insel spielen die Kinder immer noch bei jedem Wetter draußen. Du weißt doch, welches Mädchen, sagt sie, diese Mutter mit der Hippie-Patchwork-Hose? Welcher Vater dazu gehört, weiß ich nicht, die sehen alle gleich aus, weißer Typ, der langsam ergraut, Wanderschuhe, beige Hose mit diesen schrecklichen Reißverschlüssen. Vage, sagt er, obwohl er sich nur daran erinnert, wie Milly über sie geredet hat. Manche Frauen haben einfach nicht mitgekriegt, als die zweite Welle vorbei war, sagte sie, wo hat die nur diese Klamotten her, ich glaub nicht, dass ich schon mal in irgendeinem Laden eine Patchwork-Latzhose gesehen hab. Feminismus, hat er gelernt, hat Wellen, Ebbe und Flut scheinen allerdings sehr langsam zu wechseln, sodass zwischendrin Zeit ist, eine Menge Bücher zu schreiben, die er Millys Meinung nach gelesen haben sollte. Simone de Beauvoir, von der er schon mal irgendwas gehört hat, ohne genau zu wissen, worum es geht, was aber auch okay ist. Er hat noch eine gelesen, irgendeine von heute, die er aber nicht wirklich verstanden hat, oder jedenfalls verstand er nicht, was daran feministisch sein sollte. Er rührt die Paprika ein. Geht die in den Pub, sagt er, dafür ist sie doch noch zu jung, oder? Milly hat ihr Buch hingelegt, öffnet die Tür und steckt den Kopf nach draußen. Kalte Luft und der Geruch von Regen wehen herein. Schon, sagt sie, sieht aber aus, als ob sie weiter hochgeht. Wahrscheinlich auf der Suche nach Empfang, sie vermisst bestimmt ihre Freundinnen, sie wird klitschnass so ohne Jacke. Wie du, sagt er, du vermisst auch deine Freundinnen, und sie schließt die Tür und kommt zu ihm, stellt sich hinter ihn und legt die Arme um seine Mitte. Ihre Brüste drücken weich gegen seinen Rücken. Sie riecht anders hier, falsches

Shampoo oder so. Nee, sagt sie, ich hab doch dich, außerdem bin ich nicht mehr vierzehn. Armes Mädchen.

Mit vierzehn hätten sie sich nicht gemocht, da sind sie sich einig. Sie interessierte sich vor allem fürs Tanzen und er für Gras. Es ist gut, dass sie sich nicht eher kennengelernt haben, wirklich. Aber sie vermisst ihre Freundinnen, das weiß er, oder jedenfalls vermisst sie ihr Handy, den Chor aus Einverständnis und Spaß und Empörung, der darin lebt. Manchmal fragt er sich schon, ob die Insel so eine gute Idee ist, ob sie ohne den Stamm auskommt, mit dem sie ihren Unwillen mit der Version der Welt teilt, die sie alle bewohnen. Deshalb will sie dahin, ein Neuanfang, klare Luft, lernen, selbst Brot zu backen, und die Sterne sehen und die Vögel hören, aber er ist nicht sicher, ob sie verstanden hat, dass die Leute, die da schon immer leben, sich nicht besonders für Luftverschmutzung und Sauerteig interessieren, und sie hat schon immer lieber an Vögel und Sterne gedacht, als sie sich tatsächlich anzusehen, sei es hier oder zu Hause. Sie kauft Bücher, erzählt ihren Freundinnen, dass Vögel Kompasse in ihren Köpfen haben und offenbar in der Lage sind, sich an den Sternen zu orientieren, obwohl sie tagsüber fliegen, und dass alle Sterne von Männern benannt wurden. Sie kauft sich kein Fernglas. Vielleicht gründet sie einen Lesekreis.

Sie könnten rausgehen, vier Meilen die Straße runter ist eine Stelle, wo man fünf Balken Empfang hat. Manchmal sieht man Leute in ihren Autos auf dem Rastplatz sitzen, Nachrichten und Kontakt mit Menschen tanken, allerdings merkt Josh, dass er seinen Internetzugang immer weniger vermisst, je länger er keinen hat. Und als sie vor drei Tagen die Straße runtergefahren sind und sein Handy anfing zu brummen und die vergangenen Stimmungen seiner Freunde zu verkünden, war es, als würde er die Wettervorhersage von letzter Woche lesen. Wenn es nicht gerade einen Tornado gab oder eine Flutwelle, keine Schneise der Verwüstung, die noch fünf Tage später Geschichten produziert, interessiert das niemanden. Und man kann sich seine Tornados und Flutwellen ja so lange wie möglich vom Leib halten, denkt er, danke dafür. Kein Grund, sich das abzuholen, nicht jetzt, wo sie hier zu zweit sind, warm und trocken, mit einem Bett, in dem man Sex haben und schlafen kann, und einem Tisch und Stühlen, um zusammen zu essen. Vielleicht braucht man gar nicht mehr als ein Bett und einen Tisch. Und Bücherregale. Die Leute sind doch gut zurechtgekommen, bevor es Sofas und all das gab, ganze Generationen seiner Familie auf der Insel. Onkel Seumas hat ihm schon Arbeit angeboten, sie hätten welche, und Milly hat recht, die Schulen da oben suchen oft Lehrerinnen, sie würde bald was kriegen. Sie hätten Hilfe, am Anfang, als junges Paar, erst recht, wenn sie Kinder bekämen, und sie will Kinder, bald, das hat sie immer klar gesagt. Hör zu, hat sie gesagt, als sie gerade mal fünf Monate zusammen waren, wir gucken mal, wie es läuft, aber nur, um Zeit zu sparen, ein Mann, der keine Kinder will, interessiert mich nicht. Ich bin gern mit dir zusammen, aber wenn du nicht Vater werden willst, ist nur die Frage, wann wir uns trennen, nicht ob, und dann wäre es einfacher, wir trennen uns jetzt. Ruf mich an, wenn du willst, sagte sie und griff nach ihrer Tasche und verließ den Pub, ließ sich nicht mal von ihm zum Bus bringen. Er rief sie schon an, bevor sie zu Hause war. Er kann sie sich schwanger vorstellen, ihre Kurven weicher und angeschwollen, mehr Bauch und mehr Busen. Es ist schwer zu glauben, dass er derjenige sein soll, mit dessen Genen sich ihre in Zukunft vereinigen werden. Falls es eine Zukunft gibt; Kinder zu kriegen scheint heutzutage nicht unbedingt was Schlaues oder Nettes zu sein, aber man muss sich doch verhalten, als gäbe es Hoffnung. Man kann sein Leben nicht um das Ende der Welt herum planen. Vorsicht, sagt er – sie hat ihre Wange an seine Schulter gelegt –, ich muss nur noch die Pilze schneiden. Kann ich eine Flasche Wein aufmachen, fragt sie, ist das okay?

Sie braucht das, denkt er, um hier mit ihm die Abende zu überstehen. Er reicht ihr nicht. Wie soll das auf der Insel werden? Es ist sein Vater, der dort aufgewachsen ist, Josh war immer nur zu Besuch, bei seiner Familie zwar, aber das ist nicht dasselbe, wie dort zu leben. Ich liebe die Gemeinschaft dort, sagt sie, dass sich alle kennen, wie beim Ceilidh Jung und Alt zusammen sind, wann tanzen in der Stadt schon mal Rentner mit Millennials? Und sie hat recht, es ist toll, aber was manche als eng verbundene Gemeinschaft bezeichnen, ist auch eine Herausforderung, wenn man dort lebt. Keine Privatsphäre, man kann sich nirgends verstecken: Die Paketboten wissen, was man online bestellt hat, die Nachbarn wissen, wann man losgegangen und nach Hause gekommen ist, und wahrscheinlich auch, um welche Zeit man die Nachttischlampe ausgemacht hat. Morag aus dem Laden weiß, welche Sorte Kekse man mag und wie viel Bier man kauft, und die Leute sagen zwar nicht viel, sagen es einem nicht ins Gesicht, aber man weiß, was sie wissen. Sie wissen, dass man weiß, was sie wissen. Manchmal denkt er, diese Sichtbarkeit stellt besonders hohe Anforderungen an die Leute, aber sein Dad glaubt, sie werden nur besser darin, sich zu verstecken und zu schämen, im Hingucken oder nicht Hingucken.

Nicht dass es kein guter Ort zum Leben wäre, sagt sein Dad, man braucht nur bestimmte Fähigkeiten. Eigentlich wirklich ähnlich wie hier. Josh fragt sich, ob sein Dad die Hütte deshalb gekauft hat, weil sie ihn an diese Wachsamkeit zu Hause erinnert.

Er hat ihr nicht geantwortet, aber sie sucht eine Flasche aus, nimmt die Gläser von gestern Abend vom Abtropfbrett. Die Pilze sind zum Schneiden zu schrumpelig, also hackt er sie nur ein bisschen und tut sie zur Paprika. Wir trinken die ganz schön schnell leer, sagt er, waren es gestern am Ende zwei Flaschen? Sie gießt Roten ein. Ja, sagt sie, aber wir haben auch früh angefangen. Hm, sagt er, gib mir erst mal ein halbes Glas.

Sie gibt ihm ein volles Glas und wirft ihm einen verruchten Blick zu, geht wieder ans Fenster, öffnet die Tür. Er sieht durchs Fenster, wie sie auf der Terrasse am Wein nippt, als wäre im Hintergrund eine Urlaubskulisse, nicht dieses Wetter. Er rührt das Gemüse um und schüttet dann den Großteil seines Weins in die Pfanne – die Überraschung benötigt jede Hilfe, die sie kriegen kann.

Sie kommt wieder rein, nasse Fußspuren auf dem Linoleum. Regentropfen im Haar. Nicht mal die kleine Russin ist draußen, sagt sie, die mit dem Fahrrad. Als sie neulich abends draußen war, hast du dir auch Sorgen gemacht, sagt er, du musst dich schon entscheiden. Wenn wir auf der Insel Kinder bekommen, dann werden die auch bei Regen draußen sein, weißt du? Sie zuckt mit den Schultern und fährt sich mit den Fingern am Hinterkopf durch die neue Frisur, die schön ist, aber er mochte es lang, mochte, wie viel Raum das einnahm. Es hat mich beunruhigt, sagt sie, von Sorgen würde ich nicht sprechen, aber man sieht die Mutter den ganzen Tag nicht, und die Party gestern Abend klang ja nicht gerade nach Kindergeburtstag, da frag ich mich schon, wo sie war, es wurde ja ganz schön viel getrunken.

Sie hat ihr Glas schon halb leer getrunken. Krass. Lauf doch rüber und stell dich vor, sagt er, vielleicht laden sie uns beim nächsten Mal ja ein. Wenn es ein nächstes Mal gibt, mache ich das, definitiv, sagt sie, die hatten jedenfalls mehr Spaß als die andern hier, vielleicht sollten wir das bei dem Regen alle machen, feiern, die Leute aus der Nachbarschaft kennenlernen. Er füllt den Wasserkocher. Also, den von nebenan kann ich mir auf keiner Party vorstellen, der war seit 1963 auf keiner Party mehr. Übrigens hatte ich eigentlich schon den Eindruck, dass du heute Spaß hattest. Sie kommt wieder zum Herd, pikst in das Gemüse und haut ihm auf den Hintern. Ach ja, fragt sie, na, exzellent.

Man stelle sich vor, er heiratet jemanden, der *exzellent* sagt, und sei es ironisch. Solange sie es nur nicht zu seiner Mum sagt. Oder in Hörweite von sonst jemandem aus seiner Familie. Er setzt einen Topf mit Wasser auf; es gibt keinen, der groß genug wäre, um darin ordentlich Pasta kochen zu können, wahrscheinlich wird sie klebrig. Na ja, auch egal.

Sie steht wieder am Fenster. Hast du vorhin den Kleinen gesehen mit seiner großen Schwester und seinem Dad, fragt sie, der ist so süß, lernt gerade laufen, diese Phase, in der sie gerade so nicht umfallen, weißt du? In der sie dieses erstaunliche Vertrauen haben oder den Trieb, immer wieder aufzustehen und es von Neuem zu versuchen. Wann verlieren wir das, was glaubst du, wohin verschwindet das? Er versucht, sich zu erinnern, ob er je gesehen hat, wie ein Kind laufen lernt. So muss es wohl sein, sagt er, die Evolution würde kaum jemandem helfen, der nach einmal Umfallen den ganzen Plan mit dem Laufenlernen sausen lässt. Mütter aber schon, sagt sie. Man lässt doch sein Baby nicht da liegen, bis das nächste Wollhaarmammut vorbeikommt. Ich bezweifle, dass Wollhaarmammuts Babys fressen, sagt er und fragt sich, worüber sie hier überhaupt reden. Sie durchquert den Raum, nimmt einen von Mums Porzellanschwänen vom Sideboard und dreht ihn um. Zieh doch einfach deine Jacke an und geh spazieren, denkt er. Leih dir ein Kajak. Mach ein bisschen Yoga. Er sieht ihr gern beim Yoga zu, mag ihren ernsten Gesichtsausdruck, die Art, wie sie sich bewegt. Sie stellt den Schwan wieder hin und geht zurück zum Fenster.

Es wird immer noch nicht dunkel. Meinst du, alle anderen sehen auch aus dem Fenster, fragt sie, meinst du, hier gucken alle in den Regen? Er rührt sein Gemüse, fügt Knoblauch hinzu – es hat Jahre gedauert, bis er gelernt hat, ihn erst dazuzutun, wenn alles andere fast gar ist – und hofft, eine Dose von den guten italienischen Tomaten rettet ihnen den Tag. Vielleicht haben die alle Sex, sagt er, vielleicht nehmen die alle feinste Drogen. Vor der Party. Setz dich, sagt er, leg die Füße hoch, ich bring dir ein paar Nüsse und deine Zeitschrift. Ich hab meine Füße heute noch kaum benutzt, sagt sie, morgen gehen wir mal raus, ja? Egal, wie das Wetter ist. Klar, sagt er, auf jeden Fall, wir brauchen sowieso was zu essen. Morgen, versprochen.

Machen wir, denkt er, wir fahren an den vereinzelten Häusern vorbei ins Dorf, aber sie wird weiter wollen, in den nächsten Ort, wo der Zug den Duft der Stadt mitbringt und es einen richtigen Supermarkt gibt mit Neonröhren, die die Zärtlichkeit dieser letzten paar Tage anstrahlen und auslöschen werden, und mit Kunden, denen der Schwung ihrer

Haare auffallen wird und ihre Formen in der Jeans und ihre unglaublichen Wimpern. Was natürlich alles okay ist, sie können sich ja nicht für immer hier verstecken, das ist ihm schon klar. Wirklich.

Der Flug der Fledermäuse

Die Fledermäuse wachen an diesen grauen Tagen früher auf. Den ganzen Tag lang hingen sie an den Sparren der alten Scheune wie Birnen am Baum. Die erste schlägt sich mit den Flügeln aus dem Schlaf, und es folgt ein Ausbruch von Leben, eine flatternde Explosion. Laute, die für das menschliche Gehör zu hoch sind, durchdringen die Luft, prallen ab von den alten Steinmauern und der Unterseite des Schieferdachs. Der Flug der Fledermäuse beginnt, so schnell, als würden sie fallen, und während sie in den dämmrigen Himmel tröpfeln, wirft der Regen ihre hohen Töne zurück. Die Mücken werden aufleben, wenn es aufhört zu regnen. Die Motten werden sich dem Mond zuwenden, wenn sich die Wolken verziehen, aber für den Moment gibt es nichts zu essen.

Schattenmenschen

Izzie kann nicht schlafen. Daddy hat ihr vor Stunden Gute Nacht gesagt und dann hat sie zugehört, wie sie Pat zu Bett bringen, was ungerecht ist, weil er viereinhalb Jahre jünger ist als sie. Mum hat das Lied gesungen, das sie Izzie auch immer vorgesungen hat, hó-bhan, hó-bhan, Goiridh òg O, ich verlor mein liebstes Baby-o. Ich sah die Spur des Schwans auf dem See, aber keine Spur vom Baby-o. Izzies Spezialstrophe darüber, wie das liebste Baby-o *gefunden* wird, ließ Mum weg, und das heißt, in Izzies Vorstellung und vielleicht auch in Pats Träumen ist das Baby immer noch verschwunden und liegt da draußen, jenseits der Spur des kleinen braunen Otters und des Bergnebels. Durch die Wand hört sie sie immer noch reden, aber es wird langsam dunkel und bald werden sie auch schlafen gehen und Izzie wird die Einzige sein, die wach ist, die Einzige, die mitbekommt, wenn etwas Schlimmes passiert, und wenn die Erwachsenen schlafen gehen, ist das fast was Schlimmes, vor allem, wenn die Türen zu sind. Am Anfang hat ihr das nichts ausgemacht, als es noch hell war. Ich mache nur die Tür zu, damit wir dich nicht stören, sagte Daddy, schlaf gut, träum süß, Nachtinacht, mein Supermädchen.

Izzie schiebt die Decke zurück, die ist sowieso zu warm, kniet sich aufs Bett und löst die Kordel der Jalousie. Man darf die Kordel nicht einfach hängen lassen, weil Kleinkinder ihre Köpfe da durchstecken und sterben, aber Izzie weiß, wie man sie löst und wieder aufwickelt, sollte Pat also hier reinkommen und es irgendwie auf ihr Bett schaffen, kann er nicht sterben oder jedenfalls nicht durch die Kordel, er kann natürlich immer noch runterfallen und sich den Kopf anschlagen. Babys haben große Köpfe und schwache Hälse, man muss mit einem Babykopf also sehr aufpassen. Sie gerät zuerst an die falsche Kordel, sodass die Jalousie schief hängt, dann zieht sie vorsichtig und gleichmäßig, sodass sie nach oben gezogen wird; die Blechstreifen scheppern ein bisschen, aber da die Tür zu ist, werden Mummy und Daddy es nicht hören. Nicht zu weit hoch, nicht dass draußen jemand denkt, die Jalousie wäre offen, oder Izzie rausgucken sieht, und draußen sind Leute. Da ist das große Mädchen aus der Hütte nebenan, das viel länger aufbleibt als Izzie, ein Mädchen, das an manchen Tagen mit ihrem rosa Fahrrad mit Wimpeln dran rumfahren darf, bis es richtig dunkel ist, und das Izzie manchmal zuwinkt und lächelt, aber bei dem Regen ist sie bestimmt nicht draußen. Da ist allerdings noch jemand, im Wald, jemand, der an den meisten Tagen kommt und in der Dämmerung im Schatten steht. Manchmal scheint er in ihre Richtung zu schauen, aber Izzie duckt sich immer und glaubt nicht, dass er sie gesehen hat.

Sie setzt sich auf die Fersen und legt das Kinn auf der Fensterbank auf die Hände, sodass ihre Augen auf einer Höhe sind mit dem offenen Schlitz. Er ist noch nicht da. Sie erinnert sich nicht, kommt er bei Regen vielleicht nicht? Oder sucht er Schutz unter den Bäumen? Sie geht mit den Augen ganz dicht an die Scheibe und drückt die Stirn dagegen. Die Regentropfen verschwimmen und sie blinzelt. Jetzt ist die Scheibe beschlagen und sie malt mit dem Finger eine Blume, vier große Blütenblätter und noch ein kleines, weil für mehr kein Platz ist. Wenn sie größer ist, wünscht sie sich ein rosa Fahrrad mit Wimpeln. Sie wünscht sich glänzende Lackschuhe und eine weiße Spitzenstrumpfhose wie dieses Mädchen. Sie legt die Fingerspitze auf einen neuen Regentropfen und verfolgt seinen Weg über die Scheibe. Regentropfen wandern nie in einer geraden Linie nach unten. Manchmal umkreisen sie einander, wie Magnete, die sich nicht berühren. Noch einer. Sie versucht zwei auf einmal, mit den Zeigefingern beider Hände, aber man kann sie nicht gut genug beobachten, um es richtig zu machen. Immer nur einen auf einmal. Der Baummann ist immer noch nicht da.

Izzie faltet die Finger so, wie Granny es ihr gezeigt hat. Hier ist die Kirche, hier ist ein Turm, öffne die Tür, da sind die Leute. Sie glaubt nicht, dass sie schon mal in einer Kirche war, aber an der Bushaltestelle zu Hause ist eine, mit Turm. Plötzlich möchte sie unbedingt dort sein, zu Hause, bei ihrer Schmetterlingstapete und den rosa Gardinen, in ihrem eigenen Bett mit all ihren Spielsachen, wissen, dass im Zimmer direkt über ihr Maddie in ihrem Bett liegt. Sie mag es hier nachts nicht, es gehen keine Straßenlaternen an und wenn sie nachher aufwacht, ist die Dunkelheit dicht und undurchdringlich, die Art Dunkelheit, die sich im Mund ausbreitet, wenn man ihn aufmacht, deshalb kann man auch nicht rufen und sehen tut man auch nichts, egal, was da mit knochigen Fingern auf einen zukommt, man kann nichts machen – Izzie will raus aus dem Bett und Daddy suchen, aber jetzt hat sie Angst, sich zu bewegen, wegen der Dunkelheit unter ihrem Bett, die gerade ausreicht für ein kriechendes, schnappendes Etwas mit langen Armen, wie eine riesige krabbelnde Spinne, aber mit Scheren. Sie lässt sich umfallen, verkriecht sich unter die Decke und rollt sich darunter ganz klein zusammen, aber es ist immer noch nicht ihr eigenes Bett und ihre eigene Decke und sie kann sich nur an Elsiebär festhalten, weil Mummy alle anderen zu Hause gelassen hat. Was ist, wenn es brennt, während sie im Urlaub sind, oder wenn Räuber kommen und ihr ganzes Bettspielzeug in einen Sack stopfen und mitnehmen, sodass sie es nie wiedersieht, oder wenn ein Feuer ausbricht, wenn ihre ganze Wohnung brennt und Maddies Wohnung auch, weil sie miteinander verbunden sind? Was, wenn Maddie verbrennt? Sie kriegt unter dieser Decke keine Luft.

Izzie kommt hervor. Es ist dunkler jetzt, die Dunkelheit sammelt sich an der Tür und unter dem Schminktisch und vor allem im Spiegel. Sie versucht, nicht hinzusehen. In ihrem Zimmer zu Hause hat sie keinen Spiegel, ihr war nicht klar, wie gruselig das ist, vor allem im Dunkeln, dass die Dinge darin sich zu bewegen scheinen. Sie vergisst immer, dass der Spiegel kein Fenster ist, dass auf der anderen Seite kein Zimmer ist, nicht noch ein dunkler Raum mit noch einer Tür, durch die die Schattenmenschen kommen können, all die Toten, die unter der Erde leben. Sie sieht zum echten Fenster, es dringt jetzt Licht durch ihren Schlitz, aber sie traut sich nicht, dem Zimmer und dem Spiegelzimmer den Rücken zuzuwenden, um rausgucken zu können. Wie soll man im Dunkeln sicher sein, was das Fenster ist und was der Spiegel? Bestimmt ist der Baummann jetzt da, entweder in dem einen oder in dem andern. Sie hört Mummy im Wohnzimmer lachen und dann Daddys Stimme, das verleiht ihr den Mut, sich hinzusetzen, die Decke fest um ihre Schultern zu wickeln und sich wieder ans Fenster zu knien, dem Spiegel den Hinterkopf zuzuwenden. Es regnet immer noch, und die Wolken haben eine komische Farbe, aber das Licht reicht aus, um die

Schatten zu erkennen, die durch das Küchenfenster fallen, wo die Erwachsenen jetzt Licht anhaben, und über das bleiche Gras zu schauen bis zu den ersten Bäumen.

Da bewegt sich jemand, jemand geht ums Haus rum, schleicht, zu nah, aber gerade als Izzie versucht, ihre Stimme zu finden, um nach Daddy zu rufen, kommt die Gestalt in Sicht und verwandelt sich in die Schwester von dem Jungen mit dem roten Boot, sie trägt auch den Pulli von dem Jungen mit dem roten Boot, hat die Kapuze auf, die Haare hängen ihr ins Gesicht, und vor Izzies Augen geht sie hinten um ihre eigene Hütte herum und krabbelt irgendwie an der Wand hoch und steigt durchs Fenster ein und Izzie fragt sich, ob das als Einbrechen zählt, wenn Leute in ihr eigenes Haus einbrechen, obwohl sie ja nichts kaputt gemacht hat. Sie sieht zu, wie das Licht angeht, ein Lichtquadrat wirft ein Quadrat aus hellen Regentropfen in die Dunkelheit, und dann denkt sie wieder dran, nach dem Baummann Ausschau zu halten.

Sie hatte recht, er ist da, zwischen den Bäumen. Steht nur da und guckt.

Irgendwo in der Nähe geht Musik an.

Vielleicht träumen sie

Die Bäume wechseln bei Nacht ihre Gestalt. Im Dunkeln entspannen sich Glieder, Blätter erschlaffen. Äste greifen nacheinander, als hielten sie Händchen. Die Zweige in Richtung Sonne zu strecken, Sonnenlicht in Energie umzuwandeln, macht müde. Nachts haben die Baumkörper weniger zu tun. Der Druck in ihren Zellen fällt ein bisschen ab, wie bei uns. Wie wir, wie alle Wesen kommen sie nachts nicht zum Stillstand. Eine Art Baumgehirn hält die Atmung in Gang, lenkt den Fluss der Säfte. Grünes Denken erkennt die Drehung der Erde, die langsame Hinwendung zum Winter.

Der Wald dehnt sich aus, kommt über Nacht zur Ruhe, bietet denen mehr Schutz, die ihn brauchen. Bäume schlafen, mehr oder weniger. Vielleicht träumen sie in manchen Nächten und wachen auf, betrachten prüfend die Dunkelheit und schlafen weiter, bis es dämmert.

Frau auf der Kante

Er ist kein Rassist. Die sollten zwar eigentlich nicht mehr hier sein, aber dass das Ausländer sind, Rumänen oder so, spielt keine Rolle. Wären das Jungs aus Stockport, ginge es ihm genauso, tatsächlich ging es ihm genauso, und das hat er auch gesagt, als sie mal in Scarborough waren und in der Wohnung über ihnen eine Junggesellenparty stattfand, und er sieht nicht ein, warum er die hier anders behandeln sollte, nur weil sie aus Bulgarien kommen oder woher auch immer. Schließlich ist es nicht in Ordnung, nachts so viele Leute wach zu halten, denen muss doch klar sein, dass hier junge Familien sind und alte Menschen, mal abgesehen davon, dass Justine zu einer völlig bescheuerten Zeit aufgestanden ist, um zu laufen, ist vielleicht ihr Ding, aber schließlich hindert sie nicht alle anderen am Schlafen, nur weil sie gern um so eine unsoziale Zeit wach ist. Leben und leben lassen, so sieht Steve das. Die können ja die ganze Nacht wach bleiben und taub werden, wenn sie wollen, aber sie sollten es woanders machen, zum Beispiel da, wo sie herkommen. In einer Ferienanlage, mitten in den Sommerferien, also wirklich.

Er spürt den Bass in dem Hohlraum zwischen Erde und Bodendielen widerhallen und in seinen Knochen vibrieren. Gott, sagt er, irgendjemand muss da echt mal was sagen. Justine seufzt, unterbricht, was auch immer sie da auf ihrem Laptop sieht, und nimmt einen Ohrhörer raus. Auf dem

Bildschirm erkennt er eine in der Bewegung erstarrte Frau mit geöffneten, rot geschminkten Lippen und einem Glas Wein in der Hand. Er wünschte, er hätte daran gedacht, sich auch was runterzuladen, das er gucken könnte. Was, sagt sie. Ich sagte, sagt er, da sollte mal jemand was sagen. Wegen dem Lärm. Wir dürfen nicht zulassen, dass das wieder die ganze verdammte Nacht so geht, das ruiniert ja den ganzen verdammten Urlaub, alle sind die ganze Zeit völlig kaputt. Ja, sagt sie, es ist ein bisschen laut, steckt ihren Ohrhörer wieder rein und drückt Play.

Er hievt sich aus dem Sessel – Justine hat nicht ganz unrecht, er sollte sich mehr bewegen –, will zu den Jungs gehen, ihnen sagen, alles in Ordnung, ich kümmere mich drum, sie bekommen ihren Schlaf gleich, aber als er die Tür über dem seltsam dicken Teppich aufschiebt, scheinen beide zu schlafen, oder jedenfalls liegen sie bewegungslos in dem dunklen Raum, obwohl der Schall durch die Fenster und die Holzwände pulsiert – es ist fast eher eine Kraft als ein Ton, etwas, das man mehr in den Knochen spürt als in den Ohren. Stört euch die Musik, flüstert er, ich geh rüber, damit sie sie leiser stellen. Noah dreht sich um und sieht ihn verwirrt an. Was, sagt er, ich war fast eingeschlafen. Sssch, sagt Steve, dann schlaf weiter, ich hatte Sorge, die Musik hält euch wach. Ach so, sagt Noah, nein, Dad, ist schon okay, und er dreht sich wieder um.

Steve geht ins Badezimmer, um zu hören, wie laut es da ist. Die Antwort ist: laut. Er glaubt, dass der Bass im Wasser der Toilettenschüssel Wellen verursacht und ein Echo in der leeren Badewanne. Er bekommt Kopfschmerzen, ein schweres Gewicht in seiner Schädelbasis. Er reibt sich den Nacken, sieht die Bewegung im Spiegel über dem Waschbecken. Es ist, als wäre da einer dieser runden Steine vom Strand. Sein Spiegelbild wirkt blass, unwohl, das Gesicht eines Mannes, der nicht erwartet hätte, dass es ihn erwischt. Vielleicht hat er einen Hirntumor, sind Kopfschmerzen nicht ein erstes Anzeichen? Vielleicht muss er sterben, vielleicht ist er deshalb in letzter Zeit so müde, nicht, wie Justine gerne andeutet, weil er zu viele Schinkenbrötchen isst und zu wenig läuft, sondern wegen einer tragischen Krankheit, die ihn in der Blütezeit seines Lebens zur Strecke bringt. Na ja, *Blütezeit* ist vielleicht etwas übertrieben. Seine Blütezeit nimmt man wahrscheinlich gar nicht als solche wahr; wenn man über seine Blütezeit nachdenkt, dann ist sie mit ziemlicher Sicherheit vorbei. Wieder bemerkt er seinen Blick. Spiegel im Dunkeln sind seltsam, das weiß jeder. Er hebt die Bademate auf, die die Jungs nass auf dem Boden liegen gelassen haben, hängt sie über die Handtuchstange und drückt die Spülung, was Eddie aus irgendwelchen Gründen grundsätzlich nie tut. Ein neuer Song, etwas Schnelleres mit Gejaule und Geschrei schmettert durch die Bäume, und immer noch dieser Bass, als würde ein Junge einen Ball gegen die Wand schmeißen. Es muss bis übers Wasser dröhnen, die Fische im See werden es auch hören, es verscheucht die Vögel aus ihren Nestern und hält wahrscheinlich sogar die blöden Schafe wach. Verlieren Schafe nicht ihre Lämmer, wenn sie leiden? Den ortsansässigen Bauern würde er auch was Gutes tun, wenn er da rüberginge und diesen Bulgaren mal Bescheid gäbe.

Er geht durch den Flur wieder in die Küche. Füllt in der Dämmerung den Wasserkocher; man kann immer noch sehen, was man tut, gerade so. Justines Gesicht wird in dem düsteren Raum von ihrem Bildschirm beleuchtet. Er ist nicht der Einzige, dem man sein Alter inzwischen ansieht, alles Laufen und Yoga der Welt ändern nichts daran, wie ihr Hals und ihr Kinn anfangen zu hängen, oder an den hingestrichelten Fältchen, die unter ihren Augen plötzlich deutlich zu sehen sind. Die Hälfte haben wir hinter uns, denkt er, nicht unbedingt ein neuer Gedanke, ein Mann weiß das, wenn er vierzig wird, aber er hat bisher noch nie darüber nachgedacht, dass auch Justine älter wird, dass sie sich vielleicht eines Tages an seinem Arm festhalten wird wie jetzt ihre Mutter, von ihm erwartet, dass er die Tüten trägt und immer fährt. Wird es so werden? Ihre Mutter war schon immer ein bisschen so, etwas lahm, obwohl sie eine gute Köchin ist, besser als Justine, und das Haus besser in Ordnung hält. Justine wird wahrscheinlich mit neunzig noch Gewichte heben, Jahre, nachdem normale Menschen beschlossen haben, dem Schicksal zu trotzen und so viel Kuchen zu essen und Bier zu trinken, wie sie heben können, schließlich fragt an der goldenen Pforte niemand nach dem verdammten Krebsrisiko. Vielleicht wird das Alter auch gar nicht so schlimm. Er hängt ein paar Teebeutel in die Kanne. Das Ding ist, von hier an geht es nur noch bergab, auch wenn es bescheuert ist, das zu sagen, weil man in seinen Dreißigern natürlich auch nicht jünger wird, so gesehen geht es von Geburt an bergab, mit jeder Minute kommt der Tod näher, auch bei Kindern, aber er weiß, was er meint. Es ist was anderes, wenn man die Mitte hinter sich hat. So ist es einfach. Die Jungen sind jünger und die Älteren gar nicht so alt.

Er gießt kochendes Wasser ein, sieht zu, wie Dampf aufsteigt und in die Dunkelheit zieht. Wieder guckt er zu seiner Frau, die sich die Haut von den Fingernägeln beißt und Grimassen schneidet und die Zähne bleckt, als wäre er gar nicht da. Auch mit den Ohrhörern muss sie den Lärm doch hören, muss wissen, dass jemand findet, alle im Umkreis von drei Meilen müssen ihren Lärm eben mit anhören, dass ein Rumäne hier entscheidet, was alle anderen Seelen jede einzelne Stunde der Nacht hören müssen, dass das Bedürfnis eines Menschen, Party zu machen, das Schlafbedürfnis aller anderen aussticht. Er wird rübergehen, denkt er, und sie mit seinen bloßen Händen umbringen, er wird die Tür eintreten, die Lautsprecher von der Wand reißen und sie durch das verdammte Fenster werfen, das wird er tun. Und dann ist Ruhe.

Willst du eine Tasse Tee, fragt er Justine, aber die ist zu sehr mit ihrem Guckkasten und ihren Fingernägeln beschäftigt, um zu antworten. Er geht zu ihr und tippt ihr auf die Schulter: Auf dem Bildschirm sitzt eine Frau in einem bauschigen roten Kleid auf der Kante einer glänzenden Küchenarbeitsplatte, die weißen Knie weit gespreizt, die Arme hinter sich verschränkt, während ein Mann im Anzug sie unter dem Rock zu lecken scheint. Justine drückt wieder Stopp und nimmt einen Ohrhörer raus. Was ist denn, fragt sie. Ich habe gefragt, ob du eine Tasse Tee möchtest, sagt er. Nein danke, sagt sie und wartet missbilligend, bis er wieder in der Küche ist, ehe sie den Film wieder startet. Was zum Teufel guckt sie denn da? Das ist doch mal wieder typisch, wenn ein Mann einen Porno guckt, ist das eklig und bedenklich und erniedrigt Frauen, aber sie kann einfach da vor aller Augen auf dem Sofa sitzen und sich von ihrem Laptop heißmachen lassen. Ihrem Arbeitslaptop, wie er hinzufügen könnte, Eigentum ihres Arbeitgebers. Dafür könnte man sie rausschmeißen, und was wäre dann mit ihnen, es ist ja nicht so, als kämen sie mit seinem Gehalt aus, so ist das heutzutage nicht mehr. Wieder ein neuer Song, ein wogender, rollender Bass und eine zornige Männerstimme. Man kann die Worte nicht gut verstehen, aber er würde gutes Geld darauf verwetten, dass es nichts ist, was man von seinen Kindern hören möchte. Gibt es in Polen Rap? Er gießt sich Tee ein, nimmt die letzte Milch, was bedeutet, dass sie zum Frühstück keine mehr haben, aber sie hätte sowieso nicht gereicht, tut zwei gehäufte Löffel Zucker dazu und lässt den klebrigen Löffel auf der Theke liegen. Ist es das, was sie will? So auf der Theke sitzen? Ist es das, was er machen muss, um mal wieder so was zu erleben? Wie funktioniert das überhaupt, wie soll man seinen Mund an die richtige Stelle kriegen, wenn sie mit ihrem Rücken an einer harten Oberfläche lehnt, ist da nicht das Kinn im Weg? Es ergibt keinen Sinn, diese beschissenen amerikanischen Filme mit ihren hektargroßen Küchen und Kühlschränken so groß wie Autos. Wahrscheinlich gibt es für die Theke extra zu dem Zweck einen passenden Einsatz, zusammen mit den Eisspendern, Abfallhäckslern und so. Und wer trägt bitte im echten Leben so ein voluminöses Kleid? Ach, zur Hölle, jetzt haben sie die Musik noch lauter gemacht. Diese Dinger sollten eingebaute Obergrenzen haben, wie die Tempobegrenzungen bei Transportfahrzeugen, nicht dass die Leute nicht Möglichkeiten fänden, die zu umgehen. Verdammte Bulgaren.

Er nimmt seinen Tee mit zur Terrassentür, umrundet von vorne vorsichtig Justine und ihr Arbeitslaptop. An ihrem ersten Tag hier hat er um ziemlich genau diese Uhrzeit den Sonnenuntergang beobachtet. Die Sonne geht natürlich hinter den Bergen unter, um sie richtig zu sehen, müsste man an der Westküste sein, aber die Wolken färbten sich in verrückten rosa Neontönen und der Himmel in einem immer tieferen Blau, beinahe unnatürliche Farben, und als er später aufstand, um pinkeln zu gehen, bemerkte er die Sterne und ging auf die Terrasse, und dann stand er da ganz allein unter dem Nachthimmel mit mehr Sternen, als er je im Leben gesehen hat und das Wasser spiegelte die Mondsichel und er dachte, verdammt, hier bin also ich und da ist das All und irgendwie wollte er runter zum Strand gehen, aber es war richtig kalt und er hatte nur Unterhose und T-Shirt an, außerdem kam ihm der Wald im Dunkeln ein bisschen komisch vor, also stand er nur da und guckte in die Sterne, bis ihm zu kalt wurde.

Heute kein Sonnenuntergang. Regen strömt am Fenster herunter und tropft vom Dach, und in der spiegelnden Fensterscheibe hängt in einem nassen Baum Justines Laptop. Alles wird schwarz-weiß; als Steve klein war, dachte er, nachts würden alle Farben verschwinden, und er ist immer noch nicht überzeugt, dass dem nicht so wäre. Woher soll man denn wissen, ob es im Dunkeln Farben gibt, schließlich kann man sie nicht sehen. Die meisten anderen Hütten haben gelbe Lichtflecken, und zwei Türen weiter sieht er die Rumänen, offene Fenster, trotz des Wetters, an der offenen Tür steht jemand und raucht. Wenn denen die Hütte nicht gerade gehört, und das bezweifelt er sehr, ist Rauchen hier verboten, und man sollte meinen, jedem Idioten wäre klar, warum Rauchen eine schlechte Idee ist in einer Holzhütte im Wald am Ende einer zehn Meilen langen, einspurigen Straße, selbst wenn einem Lungenkrebs und Herzkrankheiten und so egal sind. Und was ist mit dem kleinen Mädchen und passiv rauchen? Er ist alt genug, um sich daran zu erinnern, wie das war, als Kind hinten im Auto zu sitzen und vorne pafft einer ohne Ende, auch wie die Klamotten und Haare gestunken haben, wenn man mit all den Rauchern im Bus saß, hinten, als würde das was bringen. Er joggt vielleicht nicht die ganze Zeit und verbringt gern mal einen Abend im Pub und trinkt seinen Tee gern mit

Zucker, aber wenigstens das hat Steve nie gemacht. Tatsächlich hat er im Leben noch keine Zigarette geraucht; so blöd war er nicht, nachdem er gesehen hat, wie seine Mum seinen Großvater gepflegt hat, und sollte er Noah oder Eddie je beim Rauchen erwischen, bringt er sie verdammt noch mal um.

Warum steht die dumme Kuh denn so in der Tür, um sicherzugehen, dass auch ja niemand das Plärren und Stampfen ihrer sogenannten Musik verpasst? Sie holt sich doch den Tod, und nass wird sie auch, und bei all den offenen Fenstern regnet es doch auf den Teppich. Wenn er wüsste, wem die Hütte gehört, er wäre längst am Telefon. Na ja, nicht hier natürlich, von hier aus kann man ja nicht telefonieren, aber er würde auch ein Stück die Straße hochgehen oder zum Anleger, um die darüber zu informieren, was hier los ist, egal bei welchem Wetter. Es ist nicht richtig, eine Hütte zu mieten, für die jemand gespart und an der jemand gearbeitet hat und sie dann vollzuqualmen und den Teppich zu ruinieren und wer weiß, was die da drin noch machen, bestimmt sind die auch schmutzig, Leute wie die. Er trinkt einen Schluck Tee. Vielleicht geht er wirklich rüber. Wer soll sich denn sonst drum kümmern, der Alte mit der tattrigen Frau? Da ist noch der Typ mit dem Sohn, der vorhin mit dem Kajak draußen war, vielleicht guckt Steve da mal vorbei und dann gehen sie zusammen rüber. Den Bulgaren klarmachen, dass alle hier von ihnen genervt sind, nicht nur ein schlecht gelaunter Typ. Der Junge kann auch gleich mitkommen, der ist groß, überragt seinen Vater. Wenn der Lärm in den nächsten fünf Minuten nicht nachlässt, zieht Steve seine Jacke an.

Justine starrt immer noch auf ihr Laptop. Wer weiß, was da jetzt abgeht, er will gar nicht wissen, welche perverse Scheiße genau, wahrscheinlich hat sie das rote Kleid inzwischen ausgezogen und kniet jetzt ihrerseits auf dem polierten Küchenboden zwischen den polierten Schuhen des Anzugmannes, nicht dass das Justines Ding wäre, sie war nie so für – Die Rumänin holt jetzt ihr Handy raus, er kann in dem blauen Schein ihr Gesicht sehen. Sehr stilvoll, die Kippe in der einen Hand, das Handy in der andern. Ihr Dekolleté kann man auch sehen, und Teile eines dunklen BHs, der über ihrem Top rausguckt. Anrufen kann sie niemanden, so viel ist sicher, sie wäre gar nicht zu hören, selbst wenn sie es versuchte, aber sie spielt nur daran herum, wischt und tippt, man könnte denken, sie schreibt ihrem Dealer, wenn sie nicht so weitab vom Schuss wären. Warte, denkt er, wieso hat sie bitte Empfang? Was macht sie denn da, sie muss ein anderes Netz haben, aber es gehen doch alle für zwei Balken die Straße hoch oder zum Anleger, egal, welches Netz. Es sei denn, es gibt irgendeinen rumänischen Anbieter mit besserer Reichweite, aber das ergibt keinen Sinn, so war das doch noch nie. Er sieht sie lächeln, fette Kuh, die dunklen Haare fallen ihr in die hochgedrückten Titten. Justine hatte auch lange Haare, als sie sich kennenlernten, und noch Jahre danach, dann ließ sie sie abschneiden, damit sie sie nach dem Laufen schneller waschen kann, sie hat ihm nicht mal gesagt, dass sie das vorhatte. Es sind natürlich ihre Haare, das ist ihm schon klar, aber man sollte doch meinen, ihr wär wichtig, was ihrem Mann gefällt. Er würde sie fragen, wenn er sich einen Bart stehen lassen oder den Kopf rasieren wollen würde oder so. Nicht dass er der Typ dafür wäre, und das ist immerhin was, dass er noch keine Glatze bekommt, oder jedenfalls kaum, nicht wie sein Vater mit dieser schrecklichen Überkämmfrisur, die sich bei starkem Wind immer hob. Steve weiß mit Fakten besser umzugehen.

Scheinwerfer streifen die Bäume und er springt auf. Natürlich hat er den Motor nicht gehört, die könnten wahrscheinlich die Schallmauer durchbrechen, ohne dass es jemand merken würde. So war es früher in der Nähe von zu Hause auch, oben im Moor, als im Norden die Air Force stationiert war, aufregend war das, wie die Kampfjets den Himmel zerrissen, und wenn man aufsah, waren sie schon neunzig Grad weiter als da, wo man sie gehört hat. In so einem hätte er gern mal gesessen. Was auch immer da kommt, schlingernd und schwankend, es ist groß, sieht aus wie so ein neuer Sasquatch Adventurer, weiß und glänzend wie Eis und verdammt, er hält bei den verdammten Rumänen. Justine, sagt er, guck dir das bitte mal an, aber natürlich antwortet sie nicht. Kaum gehen die Türen auf, dringt auch aus dem Auto Musik, jetzt trommeln zwei Schlagzeuge gegeneinander an, jaulen zwei Stimmen. Der Motor wird abgestellt und Leute steigen aus, vorne zwei Männer und hinten zwei Frauen mit weißen Turnschuhen, im Dunkeln gut zu sehen, und mit engen kurzen hellen Kleidern, und die Männer holen offenbar Bierkästen aus dem Kofferraum, während die fette Kuh mit dem Handy raus in den Regen kommt und die Frauen umarmt und dann erscheint im Türrahmen das kleine Mädchen und die ganze Zeit jault und stampft die Musik. Zur Hölle, denkt Steve, wir werden eine ganze verdammte Armee brauchen.

Trommeln

Die Schallwellen breiten sich in der verregneten Nacht aus wie Ringe um einen ins Wasser geworfenen Stein.

Musik trifft auf Regentropfen, die Luft ist voller Geräusche und gespickt mit Bewegung. Schallwellen dringen durch die offene Hüttentür und durch Fensterfugen, durch den wassergesättigten Boden und in alle Ohren des Waldes. Die Fuchsjungen spüren es durch die Erde ihres Baues, die zurückgekehrten Fledermäuse in ihrem Dachgebälk. In einem Nest aus Farnkraut oben am Hang stellt die Hirschkuh ihre Ohren auf bei einem Laufrhythmus, der für Wölfe zu schwer ist. Der Ameisenhaufen pulsiert. Feuchte Bäume absorbieren die höheren Frequenzen, Nässe und Holz schlucken die Energie, sodass nur der Bass in den Kopf eindringt und dort das Trommelfell bearbeitet.

In seinem Körper Lärm

Mum und Dad mögen es nicht, wenn er noch mal aufsteht, nachdem sie das Licht ausgemacht haben, aber Jack liegt jetzt schon seit Stunden wach, seit es noch hell war, und sieht zu, wie die Dunkelheit die Wände hochkriecht. Sie müssen wissen, dass er bei dem Lärm nicht schlafen kann, außerdem hat er Durst, er braucht ein Glas Wasser. Er spürt das Dröhnen in seinem Bett, es dringt durch die Matratze in seine Knochen, und der Sänger, der Schreier, dringt durch die Luft und die Scheiben in seine Ohren, tief in seinen Kopf. Sie spielen auf ihm, denkt er, sie machen in seinem Körper Lärm, und er kann sie nicht davon abhalten. Er kann nicht entkommen, und raus ist er aus dem Bett, aus dem Zimmer. Im Flur ist es dunkel, das Linoleum unter den Füßen kalt, der ganze Flur bebt im Takt der Musik. Dad, sagt er, Dad. Unter der Wohnzimmertür ist eine gelbe Linie aus Licht. Hier drin, sagt Dad, und seine Stimme öffnet in dem Lärm einen kleinen Raum. Was ist denn, fragt Dad, kannst du nicht schlafen? Er sitzt in einem der großen Sessel, neben sich eine grüne Bierflasche, und hat den Fernseher auf Stopp gestellt, in dem zwei Männer vor einer offenen Autotür miteinander reden, irgendwo, wo es grau und verregnet ist. Jack sieht ihn an. Normalerweise braucht man einen Grund, um nicht im Bett zu sein, am besten Toilette, dagegen kann niemand was sagen. Es ist so laut, sagt er. Ja, sagt Dad, deine Mum beklagt sich auch. Schläft

Lola? Jack zuckt mit den Schultern. Wir haben nicht geredet, sagt er. Auch wenn sie in den Ferien ein gemeinsames Zimmer haben, sollen sie, wenn Dad Licht ausgemacht hat, ruhig daliegen und schlafen. Auch wenn sie die Ruhe nicht brauchen, Mum schon.

Der Song endet und beide halten inne, wie die Männer im Fernsehen. Die Musik geht wieder los, einzelne Noten, ehe mit Gewalt der Bass einsetzt.

Dad grunzt und steht auf. Geh pinkeln, sagt er, trink was, und dann leg dich wieder hin. Ich kümmer mich drum, ich seh nur vorher nach Lola.

Jack folgt Dad durch den Flur und hört Lolas Stimme, als er ins Bad geht, das voller Dampf ist und duftet wie Opas Rosen im Sommer, zu stark. Mum muss gerade gebadet haben. Er schafft es, ein bisschen zu pinkeln, hält dabei den Sitz fest, weil er nicht von selber oben bleibt, wäscht sich die Hände mit der seltsam riechenden Seife, die es hier gibt, und schöpft ein paar Schlucke nach Seife schmeckenden Wassers in seinen Mund. Die Musik dröhnt durch die Hütte. Als er rauskommt, steht Mum da in ihrem Bademantel und Lola ist auch aufgestanden und spricht an der Tür mit Dad. Ist das nicht schrecklich, sagt Mum, dass die keine Rücksicht nehmen, letzte Nacht war schon schlimm genug, und jetzt wieder, wir können hier nicht bleiben, wenn wir keinen Schlaf kriegen, das halte ich nicht aus, dabei sind das doch unsere Ferien. Das ganze Geld. Ian, ich bin so müde. Ich kümmere mich drum, sagt Dad, leg du dich hin, Liebling, du bekommst deine Ruhe. Mum ist immer müde. Manchmal ist sie so müde, dass sie weint. Darf ich mitkommen, sagt Lola, bitte, vielleicht sind sie ja netter, wenn sie sehen, dass du ein kleines Mädchen dabeihast. Dad sieht Lola an. Er sieht aus dem Fenster. Das werden immer mehr, sagt er, es ist gerade noch ein Auto gekommen. Na gut. Aber wenn ich dir sage, du sollst nach Hause gehen, gehst du, und zwar sofort, verstanden? Sie nickt. Lola kriegt Dad immer dazu zu machen, was sie will. Lola macht immer, was Dad ihr sagt, jedenfalls, solange er hinguckt. Ian, sagt Mum, bist du sicher? Dad macht seine Jacke zu. Ich frage erst mal freundlich, sagt er, wie bei zivilisierten Leuten, ich such keinen Ärger, und falls es doch welchen gibt, ist sie zehn Sekunden später wieder hier. Du kannst sie die ganze Zeit beobachten. So geht es ja nicht, du siehst ja, was das mit dir macht. Zieh deine Jacke an, Lola.

Jack sieht zu. Also nur kleine Mädchen. Nicht dass er mitmöchte, nicht, wenn da rumgeschrien wird. Lola hat etwas in ihrer Jackentasche, etwas, das sie anfasst. Sie verkneift sich ein Lächeln. Vielleicht ein Stein vom Strand. Er erinnert sich nicht gerne daran, an das Mädchen. Violetta. Aber es muss sowieso jemand bei Mum bleiben, die aussieht, als würde sie gleich wieder weinen. Man muss sie umarmen und ihr Taschentücher bringen, und wenn sie nicht aufhören kann, macht man ihr eine Tasse Tee. Manchmal dauert das lange. An manchen Tagen bleibt sie einfach im Bett und weint, bis Dad nach Hause kommt, und Jack muss zum Essen Eier oder Bohnen oder Toast machen. Spiegeleier kann er inzwischen gut, das Eigelb geht ihm nicht mehr kaputt. Aber Dad und Lola werden nicht lange wegbleiben. Er guckt aus dem Fenster und sieht den Vater aus der Nachbarhütte aus dem Fenster gucken, und gegenüber steht die Mutter von den kleinen Kindern auf der Terrasse. Alle gucken, sagt er.

Der Bass kommt durch den Boden, er spürt ihn in den Füßen. Über die Musik hinweg ruft ein Vogel. Keine Eule, denkt Jack, ein Tagvogel. Sein Nest muss genauso beben wie die Hütten. Ich bin so müde, ruft er, ich kann hier nicht bleiben, wenn es keine Ruhe gibt. Was wird Dad zu denen sagen, zu den Scheiß-chenkos? Ist ja mal wieder typisch, sagt Dad, guckt euch das an, in jedem zweiten Fenster ein Gesicht, und alle gucken und warten, dass jemand anders was unternimmt. Sagt alles über dieses Land. Komm, Lola, wir zeigen denen, wie man so was macht. Lola blickt lächelnd zu Dad auf und nimmt seine Hand.

Es weht Regen herein, als Dad die Tür öffnet und Mum sagt, oh, es ist so kalt, und nass wird sie auch, sie hat unter der Jacke ja nur ihren Schlafanzug an, aber die Tür ist schon zu, ehe sie ausgeredet hat. Man kann Mum nicht wirklich zuhören, das ist das Problem, sonst wird alles zu einer Sorge, nur sorgt sie sich dann, weil ihr niemand zuhört. Jack überlegt, was Dad jetzt zu ihr sagen würde, oder genauer, was Dad an einem guten Tag zu ihr sagen würde. Es ist doch nur ein kleines Stück, sagt er, Lola ist ja nicht aus Zucker, und wenn sie wieder im Bett ist, wird ihr schnell wieder warm. So ist es wohl, sagt Mum, gehen sie rein?

Jack geht sofort zum Fenster und legt die Hände ums Gesicht, um das Spiegelbild auszublenden, das Küchenlicht und Mums ungeschminktes Gesicht über dem Bademantel. Sie stehen an der Tür und reden, sagt er, und die Scheibe beschlägt von seinem Atem. Auf dem Gras erscheint eine Linie aus Licht, die die Regentropfen im Flug einfängt, und er sieht den Vater von nebenan den Weg entlanggehen. Er öffnet den Mund, um es Mum zu sagen, und macht ihn wieder zu; manche Dinge alarmieren sie gar nicht, aber wenn man nichts sagt, muss man gar nicht erst überlegen, welche das sein könnten. Er spürt wieder diesen Krampf im Bauch, die Schmerzen gehen wieder los. Der andere Dad geht nicht schnell, aber Dad und Lola stehen noch auf der Terrasse der Scheiß-chenkos, als er hinter ihnen ankommt. Dad schreit nicht, da ist sich Jack ziemlich sicher, auch wenn er nur seinen Rücken sehen kann, und Lola steht mit nach außen gedrehten Zehen ein Stück hinter ihm. Zweite Position, Lola ist gut im Ballett. Die Scheiß-chenko-Frau macht einen Schritt zurück in die Hütte und ein Mann mit zwei Flaschen in der Hand kommt raus und nickt und gibt eine Dad und eine dem anderen Dad und dann gehen alle zusammen rein.

Die Musik spielt weiter und Jack guckt auf die Stelle, wo sie standen.

Was ist los, sagt Mum, warum ist es immer noch so laut? Sie scheint im Türrahmen festgenagelt zu sein, als machte ihr der Lärm zu große Angst, um näher zu kommen. Es erinnert Jack daran, wie es ist, im Park ein Eichhörnchen füttern zu wollen. Wenn man genauso gut weiß wie das Eichhörnchen, dass es das Brot haben will, aber auch beide wissen, dass es nicht genug Zutrauen hat, um sich das Brot aus seiner Hand zu holen. Es sind alle reingegangen, sagt er, Dad trinkt ein Bier, geh doch wieder ins Bett, bestimmt machen die gleich leiser. Ach, sagt sie, ich weiß nicht, warum kommt er nicht einfach zurück, und was ist mit Lola? Die ist mit rein, sagt Jack, der Vater von nebenan auch, aus der übernächsten Hütte, weißt du, der mit den kleinen Jungs und dem roten Auto? Mum nickt. Die Mutter dazu ist die dünne Frau, die immer allein joggt, sagt sie, die ist tough, das muss man ihr lassen. Ach, komm, würde Dad sagen, verglichen mit dir ist doch jeder tough. Ja, sagt Jack, genau der. Oh, sagt Mum.

Die Musik läuft immer noch. Jack denkt, langsam gefällt sie ihm fast, bestimmt wird es komisch, wenn sie aufhört, als würde man nach einer langen Fahrt aus dem Auto steigen und nach ein paar Schritten merken, dass man das Motorengeräusch vermisst, dieses Gefühl in den Knochen. Er lehnt sich gegen die Wand und spürt im Rücken den Bass. Er lässt den Kopf ein bisschen im Takt wippen. Vielleicht tanzt Lola da drüben, eine ihrer Figuren. Mit den Scheiß-chenkos.

Ich bin so müde, sagt Mum noch mal. Sind sie schon wieder draußen? Jack schüttelt den Kopf. Leg dich doch hin, Mum, sagt er. Ich passe auf und sag dir, wenn was passiert. Mum sackt in sich zusammen. Na gut, sagt sie, danke, mein Schatz. Du rufst mich, wenn du irgendwas brauchst? Jack kann sich nicht vorstellen, dass er was brauchen könnte oder dass er sie rufen würde, falls doch. Ja, klar, sagt er.

Sobald ihre schlurfenden Schritte am Ende des Flurs angekommen sind, macht er das Licht aus und hält dabei den Schalter fest, damit es nicht knackt. Um ihn herum breitet sich Dunkelheit aus, die Hohlräume und Ecken laufen über und er steht still und wartet, dass das Zimmer sich wieder zusammensetzt, seine Augen sich daran gewöhnen. Ein kleines rotes Licht am Kühlschrank, das ihm bisher nicht aufgefallen war, starrt ihn an; er dreht ihm den Rücken zu, aber es ist noch da. Ohne das Spiegelbild kann man besser rausgucken. Die Tür der Hütte nebenan bleibt geschlossen, aber durchs Fenster kann er eine Frau sehen, die die Arme um den Hals eines Mannes legt, in einer Hand eine Flasche, ihre Körper bewegen sich gemeinsam. Die Frau tanzt mit erhobenen Armen von dem Mann weg und zuckt mit dem Hintern von einer Seite zur anderen, dabei immer noch die Flasche schwenkend, dann wird aus den zwei Gestalten wieder eine. Jack sieht sich um und probiert es dann selbst, die Hände über dem Kopf, die Hüften bewegend, hier neben den nassen Jacken, die an ihren Haken hängen, und dem zerkratzten Metall-abtropfgestell. Er bewegt den Kopf, die Schultern. Fühlt sich gut an. Die Musik strömt durch seine Knochen, füllt seinen Kopf und spült die Schmerzen aus seinem Bauch. Er tanzt wieder zum Fenster und sieht das junge Paar, das die Gardinen nie vor Mittag aufzieht und die Anlage die ganze Woche über kaum verlassen hat, wenn ihr versteht, was ich meine, im Licht ihres Telefons Hand in Hand auf Violettas Hütte zugehen. Der Mann hat eine Flasche Wein in der Hand. Jack hört auf zu tanzen. Die gehen da alle hin, denkt er, alle gehen zu der Party, und einen Moment lang stellt er sich vor, was passieren würde, wenn er sagte, Mum, los, komm, wir gehen auch rüber, wir nehmen Dads Whisky mit und gehen tanzen.

Das Paar, das die Gardinen nicht aufzieht, klopft an die Tür, aber natürlich hört es niemand, also öffnet die Frau sie einfach, beugt sich vor, und einer der Männer aus dem Auto kommt, nimmt die Flasche, küsst sie auf die Wange und lässt sie rein. Er hört sie über die Musik hinweg lachen und rufen. Er war noch nie auf einer Erwachsenenparty. Was Dad da wohl macht, er lacht eigentlich nie, und wie er tanzt, kann man sich auch nicht vorstellen. Dad würde es nicht gut finden, wenn Jack auftauchte, außerdem kann man Mum nicht allein lassen. Er hebt erneut die Arme, tanzt rückwärts durch den Raum, nickt und wackelt seinem geisterhaften Spiegel-bild in der Fenstertür zu. Er beugt sich nach hinten und schwingt die Hüften, kommt wieder hoch, springt und dreht sich, pumpt mit den Armen.

Wegen dem Tanzen, denkt er später und immer wieder, hat er die Flammen nicht früher gesehen. Wegen dem Tanzen hat er nicht gemerkt, als kein Lachen mehr zu hören war und das Schreien anders klang.

Wegen dem Tanzen war es – als er den Rauch roch und hinsah und sich beeilte, den Feuerlöscher aus der Halterung an der Wand zu ziehen, was überraschend schwierig war, und barfuß über das nasse Gras lief und in dem flackernden Licht, das aus dem Fenster der Scheiß-chenkos drang, auf die Skizze guckte und an dem Teil zog, an dem man zieht und das Teil drückte, das man drückt – wegen dem Tanzen war es da bereits zu spät.

Und wegen dem Tanzen erhellten die Flammen schon die Äste und die Tagesvögel dachten, es wäre Morgen, als er rufend loslief und an die Türen der Leute hämmerte, die nicht auf der Party waren, an die Tür, hinter der die dünne toughe Frau mit ihren Kindern wohnte und an die Tür des vornehmen alten Typs mit der tattrigen Frau und an die Tür des älteren Jungen mit dem roten Boot und seiner schlecht gelaunten Schwester, die nie eine Jacke trug, nicht mal bei diesem Wetter, und als alle rauskamen und kehrtmachten, um ihre Feuerlöscher zu holen, und wieder auftauchten und losrannten, sogar der alte Mann.

Wegen dem Tanzen hatte das Feuer Zeit, sich auszubreiten, sodass Dad und Lola und der andere Dad aus dem Badezimmerfenster der brennenden Hütte klettern mussten und die Nachbarn ihre Feuerlöscher abfeuerten und nasse Handtücher brachten und Eimer mit Wasser, und der Junge mit dem roten Boot ging in die brennende Hütte, weil zwar inzwischen die Feuerwehr gerufen worden war, von der dünnen Joggerin, die zum Pub gelaufen war, das Holzhaus aber heftig brannte, heftiger, als man es bei dem Wetter erwarten würde, und sie alle wussten, wie weit die Feuerwehr fahren musste, wie lange man das Blaulicht durch die Bäume und über das Wasser blitzen sähe, bis Hilfe da wäre.

Die Männer aus dem Auto kamen über den Hintereingang aus der brennenden Hütte, einer trug fast den anderen, weil seine Füße nicht zu funktionieren schienen, und der alte Mann und der Dad des Jungen mit dem Boot rannten zu ihnen und legten den hinkenden Mann auf die Erde, ins nasse Laub, und drehten ihn auf die Seite, und der andere Mann bückte sich und übergab sich, direkt da, vor allen anderen, es tropfte ihm aus dem Mund und sammelte sich im Licht des Feuers zu seinen Füßen und niemand beachtete es.

Ein großer bärtiger Mann in einer Armeejacke kam aus den Bäumen, in den Händen eine Axt, eine richtige Axt, die im Licht der Flammen funkelte, und Jack dachte einen Moment, dass er irgendwie zum Feuer gehörte, dass jetzt die Gruseltypen und Mörder, von denen Lola abends redete, aus dem Wald kamen, aber der Mann hob die Axt und hackte auf den brennenden Fensterrahmen ein, wo der Junge mit dem Boot eingestiegen war, und Mum war da, da draußen, war nicht im Türrahmen stehen geblieben, sondern rannte rum und rief nach Lola, die blieb, wo sie war, und zusah. Mum führte die Kinder der Joggerin und die Mutter und das Baby und das Kleinkind von gegenüber in ihre Küche und redete mit ihnen, mit Leuten, die sie noch nie gesprochen hatte, und sagte, kommt rein, Kinder sollen so was nicht sehen, bleibt hier im Warmen, und das Baby weinte, aber niemand tat was dagegen und Jack stand still in der Ecke. Los, Jack, sagte Mum, hilf mir, und er ging zu ihr, um zu helfen, aber sie war total schnell, zog selbst Decken von den Betten, legte sie zusammen und trug sie im Arm gebündelt raus in den Regen, um die Menschen auf der Erde damit zuzudecken, und Jack folgte ihr, aber nur bis zu den Stufen. Das Gardinenpaar war wieder draußen, aber sie sahen jetzt komisch aus, die Gesichter dunkel und die Augen zu weiß. Er stand da und atmete den Rauch ein und spürte die Hitze im Gesicht und auf den Armen und sah zu, wie Mum seine Decke, seine Decke von zu Hause, über eine der Frauen aus dem großen glänzenden Auto breitete, die der Junge mit dem roten Boot herbrachte und die dann über den Boden kroch und weißen Schaum erbrach. Das Feuer war jetzt lauter, fauchte, und Mum versuchte, das junge Paar dazu zu bringen, reinzukommen und etwas zu trinken, aber sie wollten nicht, denn wo war das kleine Mädchen, wo war das kleine Mädchen mit den Lackschuhen und dem Fahrrad, und wo war seine Mum? Das Gardinenpaar und der Junge mit dem Boot versuchten noch mal, reinzugehen, direkt in die Flammen, obwohl der Dad des Jungen sagte, er solle nicht, aber das kleine Mädchen war immer noch da drin, oder nicht, das kleine Mädchen und ihre Mum, waren die nicht noch da drinnen? Das andere kleine Mädchen, nicht Lola. Lola stand ganz still da und sah zu, die Hand in der Tasche, das verschmierte Gesicht und die Haare im Licht des Feuers ganz hell.

Violetta, sagte Jack, obwohl ihm niemand zuhörte, das andere kleine Mädchen heißt Violetta.

Der Axtmann hackte wieder auf die Wand ein und der Junge mit dem Boot und das Gardinenpaar drückten sich rot karierte Küchenhandtücher ins Gesicht und der alte Mann kniete auf der Erde neben der Frau, die in Jacks Decke gewickelt war. Sein Batmanbettbezug hing auf der Erde, nass und matschig, umhüllte eine Frau, die er noch nie gesehen hatte und deren Mund aussah, als gäbe sie einen Ton von sich, den man wegen der Musik und dem Feuer aber nicht hören konnte.

Die Flammen waren zu hoch. Der Gardinenmann zog die Gardinenfrau und den Jungen mit dem Boot von den brennenden Wänden weg und dann gab es einen Moment, in dem alle warteten, dastanden wie beim Mittsommernachtsfeuer und immer noch spielte die Musik, drang der Bass durch den Lärm der Flammen.

Und dann hörte die Musik auf und dann war da ein menschliches Geräusch, das er nie wieder hören möchte und auf ewig hören wird, irgendwo in seinem Kopf, und Jack hatte recht, man merkt, wenn es aufhört.

Dank

Dieses Buch nahm seinen Anfang in einem nassen Sommer in Schottland. Ich danke meiner Familie für ihre Überzeugung, dass es so etwas wie schlechtes Wetter nicht gibt.

Ich danke meiner brillanten und passionierten Lektorin Kish Widyaratna; Camilla Elworthy und allen bei Picador in London; Jenna Johnson und dem Team bei Farrar, Straus and Giroux in New York; Anna Webber bei United Agents für Afternoontea in interessanten Zeiten und ihre exzellente Vertretung und Seren Adams fürs Gegenlesen.

Sinéad Mooney war, wie immer, meine erste Leserin, und wie immer hatte sie recht. Ich danke dem MacDonald-Badenoch-Clan für Rat in Sachen Anreden und Begriffe, insbesondere Helen MacDonald für ihr Ohr für schottische Teenager. Danke, Asher Kaboth, für Antworten auf meine Fragen zu Schallwellen und nassen Bäumen, TM für Expertise zu Fuchsjungen und dem Lebenstraum einer Hirschkuh. Alle Fehler, die Fakten oder Wahrscheinlichkeiten betreffen, liegen bei mir.

Wo Licht ist

Um der strengen Führung ihrer Mutter zu entkommen, träumt sich Ally weit fort, auf fliegende Teppiche und in ferne Länder. Als sie älter wird, formt sich ein neuer Traum in ihr: Sie will als eine der ersten Frauen Englands Medizin studieren. Doch dafür muss sie in einer Männerwelt bestehen, in der der kleinste Fehler sie zu Fall bringen kann.

Zwischen den Meeren

Kurz nach der Hochzeit muss sich ein junges Paar wieder trennen: Tom reist nach Japan, um Leuchttürme zu bauen, Ally, eine der ersten Ärztinnen Englands, tritt in Cornwall eine Stelle in der Psychatrie an. Kritisch beäugt von ihren männlichen Kollegen, stürzt sie sich in die Arbeit, während das Fundament ihrer jungen Ehe immer brüchiger wird.

Schlaflos

Eine karge schottische Insel, eine wacklige Telefonverbindung und zwei kleine Kinder, die vollkommene Aufmerksamkeit fordern: Anna versucht verzweifelt, ihre Forschungsarbeit voranzutreiben und dabei einen klaren Kopf zu bewahren, als ein verstörender Fund ihren Blick auf die Geheimnisse der Insel und ihrer verfallenen Steincottages lenkt.

Sommerwasser

Während der Sommerregen auf den schottischen See trommelt, bleibt in den wenigen Ferienhütten kaum etwas zu tun. Man beobachtet die anderen und formt aus flüchtigen Eindrücken ein Urteil: über die joggende Mutter, den genervten Teenager, das junge Paar. Und über die eine Familie mit dem komischen Nachnamen, die einfach nicht hier hingehört.

Mehr über Autorin und Werk auf *www.unionsverlag.com*

Hätte ich dein Gesicht

Schöner, reicher, mächtiger – nur wer perfekt ist, steigt auf im schillernden Seoul. Vier junge Frauen versuchen, in den gnadenlosen Hierarchien hinter Gangnams Hochglanzfassaden zu bestehen. Kyuri, mit ihrem makellosen Gesicht, unterhält Nacht für Nacht mächtige Geschäftsmänner in exklusiven Room-Salons. Miho, aufstrebende Künstlerin, findet sich unfreiwillig in der superreichen Elite wieder. Ara, stumm seit ihrer Jugend, flieht in den Schein der glitzernden K-Pop-Welt. Und Wonna, frisch verheiratet, sucht verzweifelt nach einem Ausweg aus ihrem vorgeformten Leben.

In bonbonfarbenen Schönheitskliniken und an den Marmortischen der High Society offenbaren sich die Abgründe einer Gesellschaft, in der Fehler nicht geduldet werden und Erfolg nur ein einziges Gesicht trägt.

»Schonungslos erzählt Cha vom Leben unter Seouls Neonglanz und von flüchtigen Momenten wahrer Freundschaft und Solidarität. Ein fesselndes, eiskaltes Exposé über das unaufhörliche Streben nach Selbstverwirklichung in Anbetracht ernüchternder Chancenlosigkeit.« *The Guardian*

»Gezielt erfasst Cha einige der dunkelsten Aspekte der genderspezifischen Ungleichheiten unserer Zeit. Ein grandioser Roman.« *Booklist*

Mehr über Autorin und Werk auf *www.unionsverlag.com*

Gloria Naylor im Unionsverlag

Linden Hills

Linden Hills – wer hier lebt, hat es geschafft. Lester und sein
Kumpel Willie verabscheuen die noble Klientel, reinigen aber
für ein paar Dollar ihre Auffahrten. Straße für Straße arbeiten
sie sich den Hügel hinunter, bis ganz nach unten zum finsteren
Luther Nedeed, wo das Versprechen eines besseren Lebens in
schneidende Niedertracht zersplittert.

Die Frauen von Brewster Place

Mattie Michael und Etta Johnson wohnen schon ewig in
Brewster Place und wissen absolut alles, was bei den anderen
so passiert. Über Kiswana Browne mit ihren Black-Power-
Parolen, oder Cora Lee, die immer mehr Kinder kriegt. Die
Gerücheküche brodelt und treibt den Geruch von Begierde
und Fürsorge, Hoffnung und Verzweiflung durch die Straße.

Mama Day

Cocoa verbringt die Sommer bei ihrer Großtante Mama Day
auf der Südstaateninsel Willow Springs, wo die Zeit stillzu-
stehen scheint. Als sie aber ihren Freund George mitbringt,
gerät das Leben auf der Insel aus dem Gleichgewicht, und der
Ort wird für sie beide zur Bedrohung. Naylor entfesselt einen
tosenden Wirbel aus Liebe, Wahn und Hoffnungen.

»Gloria Naylors Schreiben ist sinnlich und ihr Umgang mit den
Menschen, die sie beschreibt, voller Achtung und Zärtlichkeit.
Mit einer Palette von Komik, Slapstick und feinster Ironie ver-
fügt sie über mehr Humor als Toni Morrison.«
Neue Zürcher Zeitung

Mehr über Autorin und Werk auf *www.unionsverlag.com*

Die Erfindung des Ungehorsams

Hitze, Regen, beißender Gestank. Iris tigert in Manhattan durch ihr Penthouse und wartet voller Ungeduld auf die nächste Dinnerparty, die ihr wieder ein wenig Leben einhaucht. Ling, angestellt in einer Sexpuppenfabrik im Südosten Chinas, kontrolliert künstliche Frauenkörper auf Herstellungsfehler, bevor sie sich abends bei Filmklassikern in ihre Einsamkeit zurückzieht. Und im alten, düsteren Europa folgt Ada ihren mathematischen Obsessionen, träumt von Berechnungen und neuartigen Maschinen, das Ungeheuerliche stets im Kopf. Drei Frauen in drei Welten: Sie alle sind auf der Suche nach einer Antwort – nach dem Kern der Dinge. Und sie alle sind, ohne es zu ahnen, miteinander verbunden.

Vor aller Augen

Das Mädchen mit dem Perlenohrgehänge, die Dame mit dem Hermelin, Frauen auf weltberühmten Gemälden von Leonardo da Vinci, Vermeer, Rembrandt, Courbet, Schiele, Munch. Wir sehen ihre Körper, ihre Blicke, ihre Kleidung, gebannt oder verbannt in einen ewigen Augenblick. Doch wer waren sie außerhalb dieses Moments? Martina Clavadetscher ist den Hinweisen ihres Lebens nachgegangen, lässt die Frauen erzählen und gibt ihnen so eine Stimme zurück.

»Ohne diese Frauen, gäbe es kein Staunen, kein Schauen – mehr noch, ohne diese Frauen wäre die Kunstgeschichte, so wie wir sie heute kennen, undenkbar. Diese Frauen waren immer auch Mitarbeiterinnen, Künstlerinnen, Unterstützerinnen, Auslöser, ein Spiegel der Zeit, Ikonen, Inspiration, Partnerinnen, Retterinnen.« Martina Clavadetscher

»Martina Clavadetscher zählt zu den originellsten und wagemutigsten Stimmen ihrer Generation.« *NZZ am Sonntag*

Mehr über Autorin und Werk auf *www.unionsverlag.com*

Damals, jetzt und überhaupt

Die Sweets – Mutter, Vater, zwei Kinder – leben in einem Städtchen in Neuengland, wo auf den ersten Blick alles beschaulich erscheint. Jamaica Kincaid erzählt vom schwierigen Miteinander und allmählichen Auseinanderbrechen einer Familie. Sie scheut sich nicht, in die Abgründe der Seele zu leuchten, und sie kreist ein, was die Zeit mit den Menschen anstellt.

Die Autobiografie meiner Mutter

Claudette Richardson erzählt ihre Lebensreise in Dominica: Die eigene Mutter stirbt bei der Geburt, sie wächst bei einer Pflegemutter auf. Wie soll sie, gefangen in innerer Einsamkeit, lieben lernen? Stattdessen entdeckt sie ihren Eros und heiratet zuletzt einen reichen weißen Mann, der sie nie glücklich machen kann.

Lucy

Lucy, 19 Jahre alt, kommt von den Westindischen Inseln zum ersten Mal nach New York. Als Au-pair-Mädchen lebt sie bei Mariah und Lewis, einem wohlhabenden Ehepaar mit vier kleinen Töchtern. Alles ist neu für Lucy, sie entdeckt eine vollkommen fremde Welt, die Angst macht und erschreckt. Doch die junge Frau kämpft um ihre innere Unabhängigkeit.

»Die Geschichten, die uns Kincaid erzählt, entfalten eine nachhaltige Kraft, der man sich kaum entziehen kann.«
Frankfurter Allgemeine Zeitung

»Kincaid ist eine unserer tiefschürfendsten Autorinnen. Sie verfügt über ein poetisches Verständnis dafür, wie sich Politik und Geschichte, Privates und Öffentliches überschneiden und die Grenzen verschwimmen.« *The New York Times*

Mehr über Autorin und Werk auf *www.unionsverlag.com*

Die Schiffbrüchige

Eine junge Frau mitten im Indischen Ozean. Die Wellen sind erbarmungslos, ihre Kräfte lassen nach. In einem letzten Aufbäumen will Anguille jeden Augenblick ihres Lebens noch einmal auskosten. Sie erinnert sich an den Seemandelbaum in ihrer Heimatstadt, unter dem die alten Männer Backgammon spielen. An die Fischer, die sich um ihre Kunden streiten wie alte Waschweiber. An ihren allwissenden Vater, der jedes Fitzelchen Zeitung liest, was ihm in die Hände fällt. An ihre rebellische Schwester, die mit ihren Freunden durch die Gassen zieht. Und vor allem an Vorace, dieser umwerfende Vorace, der sie fast um den Verstand gebracht hat. Doch jetzt hat Anguille keine Zeit mehr zu verlieren. Sie zieht uns hinein in den Strudel ihres Lebens – und in die Tiefe des Meeres.

»Die Schiffbrüchige reißt uns mit in eine schwindelerregende Prosa, sinnlich und revolutionär.« *Le Monde*

»Die Kraft und der Zauber des Buches liegen ganz in Anguilles Stimme, die Zamir mit einer Liebe und Lust modelliert, die auch den Übersetzer Thomas Brovot zu einer Glanzleistung inspirierte. Ihre Sprache strömt, wirbelt und funkelt wie bewegtes Wasser, unwiderstehlich. Das Mädchen lässt sich von den peitschenden Wellen weder den Schneid noch den Witz abkaufen, reißt einen mit, direkt ins Leben einer Insel, die man eben noch auf der Weltkarte suchen musste. Anguille bäumt sich auf, kurz bevor ihre Kräfte schwinden, und für einmal glaubt man zu begreifen, was untergeht, wenn ein Mensch ertrinkt.« *Neue Zürcher Zeitung*